Et si je ressuscitais

Données de catalogage avant publication (Canada)

Lemaire, Christiane

Et si je ressuscitais

ISBN 2-89558-043-X

I. Titre.

PS8573.E531E82 2001   C843'.6   C2001-940685-1
PS9573.E531E82 2001
PQ3919.2.L45E82 2001

© Les Éditions Alexandre Stanké inc., 2001
Participation SODEC
Dépôt légal : deuxième trimestre 2001

Les Éditions Alexandre Stanké inc.
5400, rue Louis-Badaillac
Carignan (Québec)
J3L 4A7 CANADA
Téléphone : (514) 761-1666
Télécopieur : (514) 761-2408
c5400@aol.com

Christiane Lemaire

Et si je ressuscitais

Roman

Alexandre Stanké

Pour toi, Gabrielle

– **B**elle-maman ! Tricotez en double ! Il y a deux bébés. Deux filles, s'exclama la voix au bout du fil.

Laïla avait débuté sa vie comme tout être humain. Cachée dans l'intimité de la chaleur maternelle, elle s'y trouvait tellement bien ! Son coin d'univers, d'abord si restreint, venait de prendre la valeur d'un terrain paradisiaque. À elle la belle vie de pacha !

Coup sur coup, des secousses étaient venues ébranler Laïla. Pour une expropriation, c'en était tout une ! Le tout débuta par quelques désagréments de courte durée. Rien de vraiment menaçant. Puis, survint une déchirure. La chair, à laquelle Laïla se tenait fermement, venait de céder. L'enveloppe entourant son corps se mit à flotter vers la sortie. L'impression qu'elle en eut, était qu'on voulait à tout prix l'en déloger.

Des voix dans le corridor parvinrent à ses oreilles.

– *Poussez, madame ! Poussez ! Plus que quelques minutes et nous verrons la tête apparaître.*

La tête ! De quoi se mêle-t-il celui-là, se dit Laïla qui n'avait aucune envie de se montrer. Ils sont bien mieux d'avoir une bonne raison.

Elle n'avait pas donné le O.K. que la voilà propulsée. Puisqu'il le faut ! À la guerre comme à la guerre !

Laïla avait étiré son corps pour se mettre à son aise. Elle était effrayée de voir par où elle devait passer. Une contraction la bouscula. Elle résista de pieds fermes en se cramponnant contre les parois lisses du couloir de la vie. Rien à faire pour arrêter la machination. Plus Laïla s'entêtait, plus les coups répliquaient et plus elle se voyait avancer. Elle n'appréciait guère cette façon de forcer la nature. Elle s'interrogea sur la raison de sa venue.

– *Un moment s'il vous plaît ! J'aimerais avoir une pause.*

Tout avait semblé calme comme si on l'avait entendue. Laïla eut à peine le temps de se dégourdir que… houp !… Grrr ! Ce qu'il peut faire froid ici.

– *Ah !*

Elsa n'avait pas apprécié que, du temps de son enfance, on l'appelle la rouge carotte. C'est pourquoi dès son réveil, sa première inquiétude avait été de connaître la couleur des cheveux du bébé.

– Pas *le* bébé mais *les* bébés, avait repris Denis, son mari.

Elsa avait perdu contact avec la réalité quand l'anesthésiste avait couvert son visage d'un masque à gaz. À présent, comment reprendre ses esprits ? Denis était fier de ses jumelles. Il en parlait comme d'un trophée. Elsa avait du mal à y croire. Aucun doute ! Une infirmière apparu dans l'encadrement de la porte avec deux petits paquets emmaillotés.

– Où je les mets, vos petites ?

Bien des prénoms avaient été suggérés pour les jumelles. Comme de raison, c'est grand-maman Audet, la mère de Denis, qui eut le dernier mot.

– Ma filleule s'appellera Louisa et l'autre Laïla.

Les bébés étaient pareils à un point tel qu'on fut bien obligé de garder leurs bracelets d'identité. Les premiers jours, Elsa les avait placés dos-à-dos dans la couchette. Puis, leur mère avait dû en placer une à la tête et l'autre au pied du petit lit. Les jours de promenade, des passants s'arrêtaient devant la poussette à deux sièges, croyant avoir vu double. Elsa n'avait pas assez de ses deux mains pour séparer ses filles. Si l'une se mettait à pleurer, l'autre enchaînait aussitôt dès qu'elle voyait sa sœur grimacer. Si un jouet faisait l'affaire de l'une, l'autre le lui arrachait des mains en tirant jusqu'à culbuter. Si l'une avait perdu des dents, l'autre aussi ; au même endroit ! Louisa et Laïla se ressemblaient tellement que personne ne pouvait les différencier. On aurait dit deux gouttes d'eau avec la même transparence et la même sensibilité. Tout était pareil : le physique, les manies, les vêtements, les jouets, etc. Elles étaient jumelles à la vie, à la mort.

– Mamie viendra bientôt à la maison ? s'informait Laïla à sa mère dont elle voyait le ventre prendre forme.

C'était rassurant pour la petite de voir un bébé s'annoncer puisque, à chaque fois, elle avait vu Mamie s'installer chez eux.

Tout comme sa mère, Elsa avait une patience d'ange. Sa marmaille était arrivée, les unes après les autres. Elles avaient chambardé l'horaire de ses jours sans que jamais la mère ne s'en plaigne.

———

Elsa avait pris plaisir à fouiller dans son armoire pour en sortir son gros panier métallique à carreaux écossais. Elle l'avait rempli de toutes sortes de bonnes choses dont ses délicieux sandwichs au poulet. La femme avait croisé les poignées de bois dans sa main gauche avant de ramasser la main de la fillette qui s'était accrochée sans relâche à sa robe. C'est avec la gaieté au cœur que tous s'en étaient allés d'un pas décidé au pique-nique, dans le boisé au bout de la rue. Ce qui avait représenté la plus grande sortie en famille mis à part celles chez la parenté.

—•—

Elsa et Denis étaient propriétaires du magasin général qui se trouvait à même leur logement. Là, on y trouvait de tout ; ou presque. Denis travaillait pour une compagnie de transport. Son emploi exigeait de lui qu'il voyage à l'extérieur de la ville. Elsa avait la charge du comptoir, en plus de surveiller les enfants qui se montraient parfois assez turbulents. Si un client s'attardait, Elsa ne savait plus où regarder. Elle voulait bien rester polie, mais des urgences l'appelaient souvent dans l'appartement du fond. Les éclats de rires attiraient autant sa curiosité que les chicanes de ses enfants.

Des rires complices provenaient justement de la salle de bain dont les jumelles avaient fermé la porte. Les fillettes avaient pratiqué leurs techniques person-nelles, tantôt sur l'une et tantôt sur l'autre en s'adonnant au jeu de la coiffeuse.

– Ah ! Mon Dieu, s'exclama Elsa à son arrivée sur les lieux.

Le moins que l'on puisse dire, c'est que le résultat

lui avait paru… quelque peu désastreux. Si le choc avait été brutal, la punition n'avait pas été sévère puisque Elsa ne savait pas punir. Elle avait commencé par regarder le plancher où s'étaient éparpillées les mèches de cheveux. Elle avait levé les yeux sur les fronts dégarnis, et dit :

– Oh ! Non. Qu'est-ce que vous avez pensé, là ? Vous avez l'air fin ! Comment je vais faire pour arranger ça, moi ?

Elsa avait pris les ciseaux, égaliser les franges à la hauteur du front et ranger les ciseaux. Ce qui avait tant fait rire les jumelles, les avait rendues toutes penaudes.

Laïla n'avait pas apprécié l'idée de sa mère qui avait voulu à tout prix que ses jumelles soient bouclées pour le mariage de leur tante. Le produit avait laissé une odeur persistante dans toute la maison, et même sur les têtes, durant plusieurs jours. Les bigoudis, montés trop serrés, avaient marqué les cheveux. On pouvait penser qu'ils garderaient cette allure pour la vie, parce que quand Toni frisait, ça frisait.

———

Le logement familial comptait une salle de bain pour sept personnes, sans compter Mamie Bazile qui venait assidûment porter main-forte à sa fille. À tour de rôle, chacun prenait le bain du samedi soir. Laïla aimait flâner à l'heure du coucher. Si quelqu'un se faisait insistant pour la toilette, elle lui cédait volontiers sa place.

La cuisine était le point central du logement et tout autour il y avait les autres pièces. Il n'y avait plus de salon depuis que Denis l'avait transformé en chambre à coucher. Laïla avait appuyé son dos contre le mur. Elle observait le programme de télévision réservé aux grands.

– Laïla, va te coucher, avait dit sa mère d'une voix lasse.

Mamie ne disait jamais un mot. Elle ronflait à pleins poumons même devant son émission préférée. Elle se réveillait pour manger le lunch qu'on lui avait préparé. Mamie n'avait jamais été une femme à chaudron. Elle les frottait ! Mais elle ne les remplissait pas. Elle ne venait aider que pour le ménage.

Laïla avait profité du fait que son père soit absent pour vagabonder. Sinon, elle serait depuis longtemps dans son lit en se forçant à garder les yeux fermés même si elle n'avait pas eu sommeil. En temps ordinaire, l'homme aurait jugé inopportun que l'une de ses filles soit debout aussi tard. Selon lui, la toilette, c'était avant le coucher et pas après. Allez-y tout de suite. Après il sera trop tard. Vous ne pourrez plus vous relever, disait celui-ci.

Que son père ne soit pas là n'inquiétait pas Laïla puisque cette absence avait une saveur sécurisante pour elle.

Le soleil était couché depuis longtemps déjà quand Elsa glissa la toile jaunie qui couvrait la fenêtre. La mère était passée jeter un œil à la chambre de ses jeunes filles. Elles dormaient toutes les trois, à poings fermés, entassées dans un même lit.

– Laïla, va te coucher, avait répété Elsa.

– J'y vais.

Elsa avait entrebaîllé la porte après s'être assurée que Laïla était dans son lit. L'enfant s'entêtait à vouloir regarder l'émission en cours : Les Belles Histoires des Pays d'En Haut. Elle avait entendu sa mère dire que ce programme n'était pas pour les enfants. Mais elle avait voulu se rendre compte par elle-même. Elle avait attendu le bon moment pour se lever de son lit. Louisa semblait dormir de son côté.

Le curé dictateur, la grosse Georgiana, la riche héritière, le quêteux et Séraphin, l'avare, étaient des personnages qui alimentaient les discussions d'adultes à l'heure des repas. Laïla savait que sa mère détestait

Séraphin juste à la manière dont elle parlait. L'annonce du prochain épisode avait montré la peur de l'avare devant son placard. Juste assez pour piquer la curiosité de Laïla. Qu'y avait-il vu ? Elle voulait savoir.

Par chance, son père n'était pas là sinon elle n'aurait rien su du tout. Il aurait montré le lit du doigt et peut-être plus, selon son humeur. Le corps de l'enfant s'était fondu dans la demi-obscurité de sa chambre. Elle avait collé son oreille à l'embrasure de la porte. Sa mère ne la voyait pas. Laïla devint presque invisible. Seuls ses yeux respiraient.

Un mendiant avait frappé à la porte du grippe-sou. Séraphin apparut et du même coup, le pouvoir de l'homme rampait vers Laïla. Le noir et le blanc avaient peint les murs, ne laissant aucune place aux fissures.

– Les enfants ne doivent pas entendre, avait murmuré la forme de trois fois sa grandeur qui s'étendait sur tous les murs, jusqu'à envahir les pensées de la petite.

Je suis invisible, se dit-elle.

Séraphin avait un regard moralisateur sur tous les

habitants du village. Le malfaisant, soi-disant ainsi de réputation, paraissait inquiet. Se frottant le menton, l'homme ruminait sans doute sur ses vieux péchés qui se voulaient de petits mensonges sans conséquence, selon ses dires. Séraphin avait une peur bleue du diable. Il venait d'entrer dans sa chambre. La pièce était terne et sans vie ; sans ornement ni originalité. Du bois vieilli couvrait le sol et les murs. Le grabat avait été fabriqué d'un amas de paille, recouvert par une étoffe du pays. Les bûches avaient été comptées, une à une, avant d'être déposées à bon compte dans le poêle à bois et ce, bien malgré le froid qui traversait les murs. De l'autre côté des planches, Donalda toussait ; une toux de consomption. D'un geste répété, elle remontait son châle crocheté serré. Une longue tresse pendait sur son épaule. Elle s'affairait à préparer, comme à l'accoutumée, sa pâte de galettes de sarrasin. Elle en cuisinait régulièrement pour son époux. Non pas qu'il en raffole ! Il était chiche. Avec toute sa bonté et par devoir de chrétienne, Donalda remplissait beaucoup trop souvent, aux dires de son mari, la poche de celui qui demandait humblement le gîte et le couvert.

Séraphin avait peur des morts et plus encore, des fantômes. Il avait hésité un moment avant d'ouvrir la porte de son placard. Il marmonnait. Sa main attendait le signal avant d'agir. Il tira doucement sur la poignée. La lenteur de son geste donna du poids à la porte qui gémit comme si elle avait eu cent ans d'âge. Le grincement tua le silence lugubre qui habitait la pièce. Séraphin fouillait le linge. Que de vieux vêtements démodés et… L'homme recula d'un coup ! Des souliers noirs, des jambes puis tout un corps se dessinèrent devant lui. Une vieille femme apparut au fond de la penderie. Sa mère se trouvait là.

– Viande à chien ! s'exclama l'homme en courant voir sa femme.

Laïla avait tellement la frousse qu'elle n'osait plus bouger. Des sueurs froides parcouraient tout son corps. Elle tremblait. Des ombres surgissaient de partout, coulant du plafond et rampant au plancher. Un murmure venait de son placard.

– *Je suis là !*

Maintenant plus que jamais, elle croyait que les morts pouvaient apparaître. Elle avait hésité avant de s'élancer dans son lit ; peut-être y avait-il une forme qui attendait qu'elle passe pour ensuite attraper son pied ? Son cœur battait à tout rompre. Comme elle avait regretté sa désobéissance !

Bang ! Bang ! Bang !

Les enfants s'étaient amusés à frapper sur un panonceau de métal. Les coups avaient rebondi par intermittence et une masse d'abeilles s'en étaient affolées. Elles surgissaient de partout.

– Vite ! Par ici, avait lancé Laïla à ses amis.

Les enfants déguerpirent en courant chacun de leur côté. Ils avaient trouvé un abri où ils n'avaient pas bougé pendant un court moment. La mer noire qui survolait les têtes avait zigzagué à tire-d'aile avant de retourner à bon port.

Ne se souciant que très peu du danger, les jeunes écervelés avaient ri aux éclats pour recommencer de plus belle.

– À l'attaque !

Le martèlement, qui avait fait un tapage à s'en boucher les oreilles, avait de nouveau dérangé les insectes qui, encore une fois, étaient sortis en folie. Laïla se chargeait de donner l'ordre du combat ou celui de la retraite.

– Courez !

Chacun avait recherché un coin qui n'avait pas déjà été pris par quelqu'un. À l'instant même, Denis surgit en rogne du magasin. Laïla l'aperçut sur la galerie. La fillette se mit en boule. Elle redoutait la réplique de son père. Elle voyait en cet homme, un prédateur encore plus menaçant que les malheureuses abeilles.

– Oh ! non...

Denis promenait son regard autour. Laïla avait peur d'être vue. Elle se gardait bien de se montrer. Le plaisir que le jeu avait apporté avait été plus fort que la pensée que son père pourrait en être dérangé. Certes, la piqûre d'abeille aurait brûlé pendant quelques minutes, mais pis encore aurait été la claque qu'elle aurait reçue si l'homme l'avait attrapée par le chignon du cou. Denis donnait des signes d'impatience. Il longea la galerie jusqu'au bout, étira le cou pour regarder dans la cour arrière, revint sur ses pas, contrarié. Laïla connaissait bien trop son père pour s'aventurer hors de sa cachette. Elle avait attendu patiemment qu'il rentre enfin avant de revenir à la maison en faisant un détour.

– Ouf !

La famille Audet avait compté un bébé de plus. Comme de raison, Mamie Bazile était là !

Le lundi était le jour du lavage. Cela plaisait à la vieille femme. Elle fouillait la cuve de la laveuse, ramassait le dernier morceau de linge qu'elle passait entre les rouleaux pour l'essorer. Elle coinçait le grand panier de rotin sous son bras à chair molle. L'humidité l'incommodait toujours. Elle s'arrêtait, posait le panier sur la table, sortait un mouchoir blanc de sa poche, essuyait son front, se mouchait puis reprenait le panier avant de sortir étendre le linge sur la corde. Le vent s'amusait à branler le linge. Le soleil séchait et raidissait tout. Si bien que moins d'une heure suffisait pour que la brassée au complet se fasse remplacer. Venait ensuite la jouissance de Mamie quand elle faisait le repassage. Elle vantait l'odeur de la nature dégagée par la vapeur du fer qui fumait le linge. Mamie repassait tout ; la lingerie au complet, y compris les guenilles !

Elsa partageait son temps entre les clients du magasin, le logement et les cinq enfants qui se chamaillaient. Mamie avait parlé de prendre un thé. Elsa avait proposé de le faire. Bien que le sifflet de la bouilloire ait annoncé l'heure, la vieille femme n'avait pas quitté son occupation pour autant, préférant terminer le tout avant de s'arrêter. À tout coup, Mamie buvait le thé refroidi qu'elle avait laissé en attente sur la table. Elsa n'avait ni le talent, ni le temps pour s'adonner à la couture et Mamie le faisait quand elle venait. As-tu du raccommodage, avait demandé bien des fois la vieille femme qui cherchait de quoi s'occuper.

Mamie accumulait beaucoup d'au-cas-où. Elle décousait les fermoirs, les élastiques et les collets, enlevait les boutons et les bordures des vêtements usagés pour donner une deuxième vie à tous ces accessoires. Rien n'était gaspillé. Passées de mode, ses robes avaient servi bien à propos pour confectionner les vêtements de ses enfants et de ses petits-enfants.

⸺⸺

La famille Bazile comptait Mamie, son mari et ses deux filles. Ils s'étaient installés chez Elsa pour leur apporter de l'aide. On avait empilé leur trousseau où il avait semblé y avoir de la place. Quant aux meubles, ils avaient été remisés au fond du garage en ruine. Si Laïla s'emballait à chacune de leurs arrivées, c'était avec un air déconfit qu'elle appréhendait l'heure du départ. Si Denis en avait assez de se voir envahir, il le faisait sentir. Autant l'aide avait été jugée nécessaire, autant elle ne l'était plus au moment où lui l'avait décidé. Laïla entendait tout et voyait tout.

– C'est assez là ! Si tu ne leur dis pas de partir, c'est moi qui le ferai. C'est compris, ça ? avait lancé Denis au visage de sa femme.

Laïla connaissait la méthode persuasive de son père quand elle voyait son regard marqué de colère ; ce qui la forçait à se replier. Denis serrait les dents, son menton se crispait, ses yeux prenaient la couleur de l'orage et Laïla rétrécissait. Elle ne s'était jamais demandée si ça avait été pareil pour les autres, mais pour elle, il n'y avait pas de doute. Son père exerçait un pouvoir qui l'apeurait et l'anéantissait. On aurait dit qu'il ressentait un certain plaisir à dominer l'autre.

Laïla avait vu son grand-père monté à bord d'un taxi.

– Mamie ! Pourquoi grand-papa n'a pas de voiture ?

– Il n'en veut pas.

– Pourquoi ?

Laïla avait pensé que tous avaient une voiture ; pas les femmes bien sûr, mais tous les hommes. Le passé du vieillard avait caché des blessures qui l'avaient rendu peureux. L'enfant en était certaine. L'homme de petite taille ne pourrait jamais être son sauveur, le cas échéant.

Denis n'était pas rentré pour le souper. Laïla n'était nullement dérangée par l'absence de son père. Non. Elle ne s'en plaignait pas du tout. Bien au contraire, elle s'était perçue à chaque fois, bien plus libre d'agir à sa guise sans avoir à subir de contraintes.

Elsa avait murmuré par peur d'être entendue. Denis, lui, hurlait sans gêne. Laïla dormait dans la chambre d'à côté quand le bruit l'avait dérangée. Son père était porté sur la boisson et il avait dû encore une fois prendre un coup de trop ; ce qui dérangeait aveuglément l'humeur de l'homme à un point tel qu'il en perdait le contrôle. Quand le ton avait monté trop haut, Laïla avait souhaité s'endormir tout de suite en espérant que le souvenir s'efface.

C'est avec la peur au ventre mêlée du désir de vaincre qu'elle avait gardé les yeux ouverts. La fillette avait vu les belles images de ses livres de contes. Elle n'en voyait pas à la maison. Cependant, d'immenses dragons annonçaient leur arrivée pour bientôt. Ni tendresse ni marque d'affection n'avaient tenu la main de son père et de sa mère. Si Laïla avait remarqué les yeux pétillants de son père, c'était sûrement le soir où il avait porté trop de fois la bouteille à sa bouche. Elsa n'en rajoutait pas. Denis n'aurait pas accepté de perdre la face en présence des enfants !

Qu'est-ce qui avait fait de cette femme un être aussi bon ? La peur ou le sentiment d'impuissance ? Une seule fois, Laïla avait été le témoin d'une larme égarée que sa mère s'était empressée d'essuyer pour fuir les regards indiscrets. Pas une seule parole pour expliquer sa peine.

Denis était un homme autoritaire. Il dirigeait tout le monde à sa façon. Autrement dit, c'était lui le conducteur du droit chemin. Il exigeait de ses enfants, le respect et le silence. Il se faisait un devoir de faire appliquer ses lois à la lettre ; des lois sorties d'un passé qu'il avait oublié de polir. Des lois qui se réveillaient au gré de l'homme dont la rigueur ne se contestait pas.

En apparence, vraiment pas beaucoup de place pour l'amour ; c'était le moins que l'on puisse dire. Les principes moraux ! Ah ! Ça par exemple ! Oui, c'était important. Si ses enfants avaient reçu des compliments, Denis les prenait pour lui. Il travaillait fort pour bien éduquer ses enfants et tant mieux si les gens avaient remarqué. Laïla avait jugé cette éduca-tion... parfois dure et trop souvent injuste.

———

Laïla vivait dans un quartier de classe moyenne. Elle avait entendu une conversation entre sa mère et Mamie qui disait que des clients qui marquaient leurs achats n'étaient pas toujours de très bons payeurs. Laïla ne manquait de rien, du moins, du point de vue du matériel. Y avait-il autre chose ? Elle l'ignorait. L'ameublement, sans doute démodé, n'avait aucune chance un jour de revenir à la mode. Le salon était une chambre à coucher.

La cuisine était à la fois la cuisine et le salon. C'était là où tout se passait : les repas, le lavage, le repassage, les études, les réunions familiales ; et la télévision y avait sa place également. Les motifs des prélarts usés semblaient en voie de disparition et ce, malgré les planchers cirés avec précaution aux pas de course en chaussettes. Le poêle à bois servait de cuisinière et il réchauffait la place.

Laïla sursauta. Son père venait de l'agripper. Le coup n'avait pas été annoncé ; et pourtant ! La mauvaise humeur de l'homme était arrivée en tempête. Les enfants étaient bruyants. Denis se perdit dans un élan contre Laïla qui vit le loup secouer son corps. La bête tirait sa proie par des ficelles. La proie, qui avait pris l'allure d'une marionnette, avait baissé la tête. Valait mieux ne pas voir. Le loup pourrait être pire encore ! Qu'y avait-il de plus fort qu'un dragon dans le corps d'un loup qui avait pris le corps de son père ?

– À genoux ! hurla Denis. Que je ne te voie pas bouger de là !

Là était un coin de mur, entre le poêle et le portique, une ouverture entre le logement et le magasin. Les clients, désireux de voir, pouvaient très bien le faire par-dessus le comptoir. Laïla appréhendait de se faire voir. Que diraient les enfants en payant leurs bonbons à un sou ? Elle préférait ne pas y penser. Elle serait humiliée. Son père savait la punition sans merci, mais il l'avait fait quand même. Laïla ne pouvait pas être le dragon. Elle était beaucoup trop petite. Elle choisit d'être la plume face à un mur.

Quel mot pansait les maux ? L'enfant l'ignorait. Elle fouilla le puits. Un gros œuf se mit à flotter. Laïla traça une ligne sur la coquille. La coquille l'invita à entrer. La peau lisse et allongée facilita le passage à la fillette qui dans un moment d'égarement se changea en autruche. Oups ! Le grand oiseau négligea le mal qui craqua sous son poids.

Quelqu'un avait dit : *As-tu compris ?*

Laïla avait reniflé l'odeur du poêle à bois qui avait rappelé le bon pain rôti que sa mère avait cuit.

– *J'ai dit la tête contre le mur !*

Le poêle dégageait une chaleur. Il aidait à sécher l'inutile.

– *Que je ne te voie pas bouger de là avant que je le dise !*

Qui parlait de quitter qui ? Laïla était bien. Une bataille entre questions et réponses se livrait sans l'incommoder. Ils démêleront le nœud un jour, avait pensé l'inconscience. Laïla voyait loin avec sa tête de girafe. Elle tira le soleil par le cou et le mit juste au-dessus de sa tête. Là, il était beau.

Elsa avait tenté à plusieurs reprises de prendre position en faveur de ses enfants ; mais en vain. Outre le fait qu'il eut été de son devoir de raisonner son homme à nouveau, elle s'était tue. Elle savait par expérience qu'en de tels moments son mari redoublait de méchanceté. Rien que pour prouver que c'était lui qui décidait dans la maison et non elle, il aurait été capable de frapper encore plus fort.

Mamie avait eu le cœur meurtri. Laïla avait vu les miettes de son malheur dans les yeux de ces femmes qui n'avaient pas volé à son secours. Les enfants avaient continué leurs jeux comme si tout avait été normal. On avait parlé de l'île aux trésors aussi dans les livres de contes ! Peut-être fallait-il naviguer encore pour y arriver ? Laïla était ailleurs ; sur la terre du silence.

— Tais-toi, avait crié Denis, exaspéré d'entendre des pleurs.

Tiens donc, se dit-elle, la coquille avait une faille. Laïla avait si souvent pleuré pour laisser partir sa peine et les mauvais souvenirs qui s'y rattachaient qu'elle avait renoncé à l'amour de son père. Enfin, c'était ce qu'elle avait cru.

L'enfant n'avait pas obéi parce que son père lui avait enseigné l'obéissance ! Non. Elle avait peur de cet homme. Elle aurait souhaité être lilliputienne jusqu'à une limpidité complète. Le vertébré se confond avec la nature pour échapper à l'ennemi. Laïla était le murmure que son père n'entendait pas. Pensées et passions fleuriront de l'intérieur vers l'intérieur. Ne s'illuminera sur son visage que le reflet de son miroir.

Les jumelles rebondissaient sur le lit de leurs parents.

– Tiens ! Prends ça, s'était écriée Louisa.

Et vlan ! La fillette venait d'assener un bon coup d'oreiller sur la tête de l'autre qui tomba à la renverse. Laïla agrippa le pyjama rayé par son califourchon. Louisa l'avait enfilé après l'avoir pris sous l'oreiller de son père. Elle le montait, mais il redescendait. Elle le plaçait, mais il s'entortillait de nouveau. Les couvertes avaient glissé du lit au plancher. Le matelas ramolli avait montré des rides. Louisa répliqua à son tour.

– À l'attaque !

Elle s'élança vers le dos de sa sœur où elle grimpa. Laïla céda sous le poids ; puis elle culbuta. Son corps s'affala au matelas. Une odeur rassurante avait flotté au-dessus de son nez. La fillette respira profondément. Elle lissa la jaquette de flanelle qu'elle avait subtilisée. C'était celle de sa mère.

– C'est assez, les filles, annonça la voix d'Elsa qui retentit au loin. On vous entend jusque dans le magasin, là, ajouta celle-ci. Les jumelles avaient pouffé de rire en cachant leur visage sous le drap défait. Elles avaient continué de se taquiner avec des niaiseries.

Elsa avait vu que ses filles n'avaient pas bougé.

– Faites le lit et ramassez tout avant que votre père arrive !

Les jumelles s'étaient regardées.

– Oh ! Oh !

Les petites s'étaient précipitées en bas du lit pour ramasser les couvertures et les oreillers sous lesquels pyjama et jaquette s'étaient vite retrouvés.

———

La troisième de la famille était la préférée de Denis. Julia était jolie, avait le visage rond et les yeux noirs, et elle était pleurnicharde par-dessus le marché. Soit elle boudait, soit elle trépignait, mais elle obtenait toujours ce qu'elle voulait. Gare à qui la faisait pleurer !

La quatrième avait été une poupée grandeur nature pour les jumelles. Dalia était ronde avec des yeux bleu azur et des cheveux bouclés, sans Toni. Elle était timide et se montrait de temps en temps. Elsa n'avait pas eu beaucoup de répit entre ses grossesses.

Il fallait faire vite sinon le curé se chargerait de rappeler à la femme que son devoir n'était pas terminé.

—————

La crainte de ne pas se rappeler au bon moment amenait Laïla à oublier ce qu'elle devait savoir. Denis insistait pour vérifier les leçons des enfants. Il était défendu pour eux de quitter leurs cahiers et ce, quelle que soit l'heure. La règle avait été de savoir les leçons par cœur avant d'aller au lit.

– Je vais revenir. Tu es bien mieux de le savoir ! C'était pire pour Laïla d'affronter les exigences de son père que se retrouver face à un examen avec en plus un blanc de mémoire. Et elle détestait les examens.

– Si tu étudiais quand c'est le temps aussi, tu finirais par savoir au lieu de me faire perdre mon temps à poser les mêmes questions, répétait son père.

Elsa n'était pas exigeante quand venait le temps de vérifier les leçons. Laïla aurait bien voulu que ce soit sa mère plutôt que son père qui s'acquitta de cette tâche. Avec lui, c'était pénible. La voix de l'homme traumatisait la petite et elle pleurait. Ce qui était encore pire.

– Arrête de pleurer pis travaille !

Laïla aurait préféré être sourde ou attardée ou infirme. Elle était juste une statue qui voulait éviter les coups, sans vraiment y réussir. Si elle fendillait sous les faux pas qui le verrait ? Si la glace de son corps montrait la limpidité de ses pensées, le loup en profiterait pour dévorer son âme. Laïla s'affolait. L'animal avait faim. Lui laisserait-il au moins les os pour qu'elle puisse marcher à nouveau ? L'enfant sanglotait sur la faiblesse de son corps sans os.

– Tais-toi ! Tu es donc bien cruche.

Laïla avait reconnu la chaleur de son lit quand son corps avait rampé sous les couvertures.

Denis avait hurlé sans se retenir.

– Tu vas faire ce que je vais te dire ! C'est compris !

Laïla avait eu l'impression de faire un mauvais rêve. Elle jeta un coup d'œil vers sa jumelle pour s'assurer qu'elle dormait. Elle dormait. Des voix surgirent à nouveau. La fillette avait pensé se coucher, mais elle se ravisa.

Elle se leva et marcha sur la pointe des pieds. La porte de sa chambre était entrouverte. Laïla se tint fermement à son ombre peinte sur une partie du mur.

Pour quelle raison son père était-il fâché à ce point ?
Et sa mère ? Et Mamie ? Mais où étaient-ils donc ?
Laïla ne voyait rien du tout. Elle pouvait juste s'imaginer. Le tout donnait l'impression de se passer dans le magasin.

Laïla entendit sa mère qui sanglotait et son père qui s'emportait.

– Lâche-moi, disait la voix d'Elsa.

Denis avait empoigné la tignasse de sa femme puis il tira. Il était ivre. Il marmonnait des balivernes d'une voix empâtée. L'intonation de la voix disait que l'homme avait bu.

Laïla voulait que son père arrête. Non. Elle voulait l'entendre dire qu'il partait loin, très loin. Si le typhon avait gonflé les joues de Laïla, les deux femmes auraient célébré le départ de ce vaisseau de guerre. Mais l'enfant avait peur des combats.

Mamie Bazile n'avait pas froid aux yeux, elle. Mal lui en prit quand elle menaça son gendre.

– Lâche-la voyons ! Es-tu fou ? Tu vas finir par l'étrangler. Si t'arrêtes pas, j'appelle la police, s'exclama la vieille femme.

– Vous mêlez pas de ça, la belle-mère ! C'est à peu près le temps que vous repartiez chez-vous, je pense. On n'a plus besoin de vous ici.

Denis répliqua en poussant la vieille femme, le dos contre une étagère.

Laïla avait tout entendu. Elle n'avait rien vu, mais elle avait reproduit des images dans sa tête. Denis avait oublié la règle du respect. Quand le maître fléchit, à quoi ressemble l'élève ? Laïla entendit des pas se rapprocher. Elle courut pour se mettre à l'abri. Son lit était grand et elle était petite.

Denis bredouillait des banalités sans être écouté de personne. Il marcha d'un pas chancelant vers sa chambre. Il allongea son corps mou sans enlever ses vêtements, sans tirer la couverture. La force de l'homme s'était dégonflée quand les poumons avaient eu besoin de repos.

Laïla n'entendait plus ni les pas, ni les voix, ni les pleurs, ni les froissements. Elle pleurait. Personne ne viendrait lui dire de se taire. Elle repensa à sa mère et à l'humiliation de cette femme.

Le cœur de l'enfant avait blessé sa poitrine à force de la marteler. Elle aurait voulu être cette force pour l'utiliser à contre-courant. Elle se voyait en voleur de larmes qui, les pattes à son cou, disparaîtrait pour toujours.

Laïla n'avait pas rêvé. Tout était en place dans sa tête. Des voix qui parlaient fort et des pleurs. Puis, dans un murmure :

– *Sois prudente !*

La fillette mit son nez dans l'entrebâillement de la porte. Tout semblait normal. La télévision marchait et les jeunes déjeunaient en regardant les petits bonshommes des dessins animés. Elsa s'affairait au lavabo. Mamie Bazile n'était pas à la table. Laïla avait tourné la tête dans les deux sens. Son père n'était pas là, lui non plus.

La fillette passa de la salle de bain à la cuisine sans faire de bruit, au cas où. Elle avait pris soin de ne pas mettre ses coudes sur la table. C'était impoli. Elle attendit que sa mère se libère avant de demander son déjeuner. Elsa se retourna. Le chagrin avait causé des ravages à son visage. Mamie était arrivée en protestant.

– Laisse ça là ! Je vais le faire tout à l'heure. Viens t'asseoir et mange un peu.

– J'ai pas faim, avait répliqué Elsa.

Mamie avait insisté sur le fait que manger serait vital pour sa fille.

– Bon ! Je vais prendre un café.

Mamie finissait sa croûte de pain noircie avant de

boire un café fort. Elle n'avait pas forcé la conversation. L'atmosphère de peur empestait la pièce.

Laïla n'avait pas posé de question à sa mère. Elle s'inquiétait de voir apparaître son père. Peut-être était-il encore au lit ? Qu'il soit là dérangerait sûrement ! Il arriverait comme si de rien n'était ; pas d'excuse pour essuyer sa faute. S'il était arrivé à Denis de ressentir une quelconque culpabilité, il ne l'avait jamais laissé paraître.

Laïla avait promené son regard autour de la pièce. Des murs, des meubles et quoi d'autre. Elle chercha un objet ; si petit soit-il. Quelque chose qui puisse rappeler un seul moment de bonheur. Tout était mat et terne comme le saule qui avait inondé son lit avant que la nuit vienne sécher sa peau.

– Pourquoi pars-tu Mamie ?

Laïla connaissait la réponse à sa question, mais elle avait voulu entendre sa grand-mère. La vieille femme avait fait sa valise comme elle l'avait fait auparavant. Elle n'avait pas dit la vérité.

– Ton grand-père a besoin de moi.

Laïla aperçut la silhouette de son père qui passa sans rien dire.

Il avait fait son trajet habituel avant de sortir, sans se donner la peine de saluer personne.

Elsa annonça qu'elle voulait quitter son mari.

– Tu peux pas faire ça, avait répliqué sa mère. Voyons donc ! Qu'est-ce que tu ferais toute seule avec tes enfants ? Ici au moins, vous n'êtes pas dans la rue et par-dessus le marché, vous avez de quoi manger !

Elsa songait au jour où Denis avait déclaré à leur mariage qu'il la protégerait, la chérirait et qu'il lui serait fidèle pour la vie. Elle avait trouvé sa vie bien courte.

—•—

Les filles couraient autour de la table. Elsa avait passé dans chaque chambre pour prendre le linge des enfants qu'elle fourrait dans des sacs. La famille s'apprêtait à partir en voyage. Denis n'avait pas levé le petit doigt pour venir en aide à sa femme. Il lisait le journal au salon.

– Pas si fort !

Le vacarme provoqué par les rires avait étouffé la voix de Denis qui n'avait pas bougé de sa place.

– J'ai dit d'arrêter ! Attendez pas que je me lève.

Elsa avait demandé aux enfants de faire moins de bruit. Mais comment arrêter la machine des rires quand cinq enfants ont trouvé le bon jeu ?

– Ça va faire, là ! Trouvez-vous chacune une chaise et assoyez-vous tranquilles. Je veux plus entendre un seul mot. Compris, là ?

– Quand est-ce qu'on part, avait osé Louisa.

– Dérangez pas votre mère. Vous voyez pas qu'elle est occupée !

Laïla chatouillait sa petite sœur Dalia. Denis se leva d'un bond. Il avait semblé à Laïla que son père avait grandi d'un coup sec. Elle ne voyait pas ses yeux.

– Tu n'avais pas compris quand j'ai parlé tout à l'heure !

Elsa faisait le plus vite possible. Elle savait les enfants excités et elle voyait son mari au bord d'éclater. Elle respira mieux quand elle entendit l'ordre de l'homme.

– Allez attendre dans le char. Et surtout, je ne veux pas vous voir sortir. Compris ?

En deux temps trois mouvements, les filles étaient parties sans demander rien de plus.

Entassées les unes contre les autres, Laïla, Louisa et Julia s'étaient obstinées pour le choix des places. Dalia était assise bien sagement au milieu.

– Je veux m'asseoir là. Je veux voir dehors. Je veux la place à côté de la fenêtre, pleurnicha Julia.

– Non, protesta Laïla en tournant la tête. J'étais là la première.

Denis avait répété à plusieurs occasions que les jumelles étaient assez vieilles maintenant. Elle en avait conclu que son âge lui permettait de décider. Puisqu'elle était arrivée la première, elle avait la ferme intention de revendiquer le droit déjà acquis, en dépit des jérémiades de Julia.

– Je veux voir dehors, bon !

Plus elle bougonnait et moins l'autre y prêtait attention. Julia se fâcha et pointa la place de Laïla avec son petit doigt.

– Je voulais m'asseoir là, moi.

Julia croisa les bras et bouda. Sa mine de gros bébé gâté avait donné l'impression à la fillette d'avoir perdu sa suce trop vite.

Il restait le bébé à habiller et Elsa était fin prête à partir. Denis avait été fort heureux de l'arrivée d'un garçon. Son élan n'avait pas été plus démonstratif pour autant !

– Amène-moi une bière, s'écria Denis.

– Tu trouves pas que tu en as pris assez ! Les enfants sont prêts depuis longtemps déjà. Ils vont se fatiguer d'attendre, avait osé dire Elsa.

Denis avait ri.

– Voyons ! J'en ai pris juste un peu. C'est la dernière. Pis les enfants sont corrects, là ! Ils sont bien capables d'attendre encore un peu. Juste une petite bière, ça fera de tort à personne, ça.

Elsa soupira. Elle déposa le bébé sur le lit, marcha droit au frigidaire. Elle tira la poignée. Le froid la fit frissonner. Elle prit la première bouteille du bord et la déposa sur le comptoir. Elle retira le bouchon puis le jeta à la poubelle. Elle prit la bouteille et l'apporta à son mari.

Denis semblait satisfait. Il pencha sa tête en arrière pour étancher sa soif.

– On partira jamais si ça continu, répliqua Elsa.

– J'ai fini, là !

Denis se faisait de moins en moins rassurant. Elsa n'avait pas voulu le contrarier, mais il avait tout fait pour. Il n'aurait pas fallu qu'elle en dise plus qu'elle ne l'avait fait sinon l'homme aurait pu changer de peau.

Elle le savait capable de déborder sur les enfants quand la colère se montrait trop forte.

Julia avait le visage noyé de larmes. Elle faisait encore la tête quand son père apparut à la portière.

– Qu'est-ce qui se passe ?

Laïla intervint.

– Elle veut ma place. J'ai dit que j'étais arrivée la première mais elle n'arrête pas de bouder.

– Donne-lui tout de suite, ordonna celui-ci.

Denis avait jugé la plus vieille coupable d'avoir mis la chicane. Laïla était la plus vieille. Celle qui donnait la meilleure chaise aux adultes et celle qui donnait le choix aux plus jeunes. Elle était la plus vieille de quoi au juste ? Elle avait si souvent entendu son père dire qu'elle était la plus vieille qu'elle s'était demandé si elle avait déjà été jeune. Denis dirigea Laïla avec ses yeux.

– Toi, tasse-toi au milieu ! Et toi, prends sa place.

Grand-maman Audet était une femme parfaite. Sa maison était propre et ses enfants bien élevés. Elle avait un caractère autoritaire mais c'était une bien bonne personne. Laïla allait en vacances partout où on l'invitait, même là où elle savait les lois rigides.

La vieille femme se faisait un devoir de tout décider pour les autres. Elle réveillait son monde très tôt le matin parce qu'elle se levait tôt. Elle disait quand se lever, quand se laver, quoi manger, quand regarder la télévision, quand prier, quand aller à la toilette et quand se coucher. Rien n'était discutable !

Grand-maman Audet prenait à sa charge toutes les âmes perdues en plus de celles qu'elle croyait en perdition. Que de soirées passées à écouter la radio ! Il n'y avait de passe droit pour personne. Tous devaient s'agenouiller pour réciter le chapelet. L'on voyait la vierge juchée dans un coin de la cuisine qui regardait en souriant. Laïla voyait la flamme qui vacillait. Sans doute le souffle des prières la faisait-elle danser, avait pensé l'enfant. La répétition des prières jusqu'à épuiser les grains du chapelet donnait raison aux plaintes de grand-papa Audet qui en avait assez de dire et de redire. L'homme prenait le droit d'interrompre les heures de gloire de sa femme qui n'en finissait plus de remercier pour le bien des autres. Grand-maman Audet avait imploré l'aide de tous les saints pour toutes les occasions de la vie avant d'aller se coucher.

Chaque vendredi, les habituées des rouleaux à friser se rencontraient chez la coiffeuse où elles rapportaient les potins. Le salon du quartier n'était pas grand et tout s'entendait. Grand-maman Audet avait vu d'un mauvais œil que les jumelles ricanent sans arrêt.

– Voyons les filles ! Tenez-vous comme il faut, là ! Qu'est-ce que les gens vont penser, chuchota celle-ci en s'approchant des petites.

Il y avait eu celle dont les frisettes avaient rappelé Toni. Il y avait eu l'autre aussi. Celle-là avait provoqué leur fou rire ! Ses cheveux avaient été crêpés en l'air. Elle était sortie avec… on aurait dit un nid d'oiseau sur la tête.

La vieille femme s'était impatientée. Les petites avaient la bougeotte et elles manquaient de politesse.

Un chaudron chargé à ras bord s'agitait sur la cuisinière. Une odeur de légumes bouillis avait envahi la maison. Laïla était sortie prendre l'air. Elle restait assise sur la galerie. Elle n'aimait pas cette odeur de légumes bouillis ; en particulier celle du chou.

Grand-maman Audet avait insisté pour la voir rentrer. Des bons légumes, ça fait grandir, répétait sa grand-mère. Des bons légumes, c'est bon pour la santé, répétait Denis qui avait entendu si souvent sa mère le dire. Laïla avait mis une pince sur son nez. Elle l'avait enlevé aussitôt en pensant à son père s'il venait à le savoir. Les portions étaient beaucoup trop généreuses. Défendu de laisser des restants dans l'assiette.

– Vous n'irez pas jouer avant d'avoir tout manger.

Qu'importe si les petits estomacs en avaient eu assez !

Laïla n'aimait pas accompagner sa grand-mère dans les magasins. Les rares fois qu'elle y était allée, la femme avait acheté du fil et quelques morceaux de tissus. Jamais il n'arrivait à cette femme de gâter ses petites filles à l'improviste. Ce n'était pas dans ses habitudes.

Les matins et le dimanche avaient rappelé à Laïla une autre messe. Un chapeau de feutre noir sur la tête, un chandail blanc déboutonné, la robe fraîchement repassée et la sacoche au bras, grand-maman Audet marchait la tête haute comme As-tu-vu-qui-est-là.

– Grand-maman, je comprends rien.

– C'est normal. C'est du latin.

– Qu'est-ce que ça veut dire ?

– Chut !

L'heure des prières était sacrée pour la femme qui n'en avait jamais assez. Si Laïla se grattait la jambe, sa grand-mère faisait les gros yeux. La fillette cherchait un moyen pour passer le temps. Elle feuilleta un livre de messe. Il ne l'intéressait pas. Elle le remit à sa place en prenant soin de déplier les coins. Elle examina les personnes autour. Il y avait là que des personnes vieilles. Elle s'interrogea. Où étaient les enfants ? Pourquoi n'étaient-ils pas venus prier ? Elle était bien là, elle ! Peut-être cette ville n'était-elle habitée que par des vieux !

– Sois gentille, là ! Ça achève.

Il y avait tellement de statues dans cette église que Laïla crut qu'il n'en restait plus une seule au ciel.

– Laïla !

Sa grand-mère avait fait signe de se mettre à

genoux et elle obéit. La position l'incommodait. Laïla pensa qu'en plus d'être inconfortable, cette position la renvoyait ailleurs. Elle avait mal au ventre. Le poids de son corps écrasait ses genoux. Pourquoi le curé passait-il la messe debout ?

Laïla était gênée. Elle n'avait pas une grande estime d'elle-même. Les retours à l'école étaient les remises en question de ses connaissances et de ses compétences. Elle se voyait bête, stupide et dépourvue d'intelligence. Elle avait la mémoire comme ennemie mais la rêverie était sa meilleure amie. La première se sauvait quand elle avait besoin d'elle. La deuxième l'attendait pour partir en voyage.

Le retour à l'école annonçait aussi la pluie. Laïla n'avait ni parapluie, ni manteau de pluie et son ennemie ne venait pas à sa rescousse quand son père enfonçait des choses incompréhensibles dans sa tête. Plus l'orage déversait son eau, plus le loup devenait méchant et plus Laïla fondait sur sa chaise.

Tu es donc bien cruche, se disait-elle.

Pourquoi le loup avait-il montré les crocs ? Laïla ne voyait pas de raison pour que l'homme change de peau ! Ce soir-là, elle avait eu peur. Le grand saule avait passé la porte de sa chambre. C'était lui le coupable. Elle l'avait vu qui mouillait son lit durant la nuit. Il avait chuchoté qu'elle ne devait pas dire un mot ni se montrer puis, elle ne l'avait pas vu repartir.

– Tu trouves pas que ta mère a assez d'ouvrage comme ça ? Pourquoi tu ne t'es pas levée pour aller à la toilette ?

Denis empoigna Laïla, lui assena une bonne claque sur les fesses et la porta jusqu'à la salle de bain en continuant le geste. Laïla avait sursauté, poussé un cri, et sangloté. Elle avait pensé partir, mais décida d'attendre.

– Tu es mieux de faire attention la prochaine fois si tu veux pas avoir les fesses aussi rouges que maintenant.

Laïla n'avait plus d'éclat. Le paon avait replié ses plumes.

Son amie, la rêverie, venait faire son tour à l'occasion. C'est elle qui avait donné un teint à son père. Quand le visage de Denis se peignait en rouge, le signal disait à Laïla d'aller voir ailleurs.

Denis berçait le bébé tout en fredonnant une chanson. Elsa discutait avec un client qui s'attardait. Le temps s'était levé maussade. La journée semblait vouloir se passer ainsi. Les filles étaient calmes. Elles avaient monté un petit salon de thé et s'amusaient à inventer. Julia avait quitté le jeu pour grimper sur les genoux de son père. Les autres avaient suivi chacune à leur tour. Toutes les places avaient été prises. Les rires d'enfants marquaient le rythme du balancement. Laïla avait eu le goût mais… Denis avait invité sa fille à se joindre à eux.

– Viens ! Viens donc !

Pourquoi pas, se dit-elle. Le loup n'allait jamais sur une balançoire ! Dans les livres de contes, le loup était dans le bois et ici il n'y avait pas de forêt ! Denis était d'une humeur joyeuse. Il avait arrêté la chaise berçante pour Laïla. Il avait déplacé les autres pour lui faire une place. Elle monta. Il tenait son bras pour l'empêcher de glisser. La voix de l'enfant se mêla aux autres. Le plaisir allait bon train. Plus ça allait vite et plus les enfants riaient. Laïla connut le bonheur. La chaise de bois gémissait sous le poids des mouvements. Crac ! Tous se retrouvèrent à la renverse. Le bébé s'était mis à pleurnicher sans savoir pourquoi. Laïla se roulait de plaisir. Quand, dans un trou noir, elle avait cherché l'espoir, c'est à sa mémoire qu'elle avait fait appel.

C'était jour de congé pour les enfants et ils étaient excités.

– Allez jouer dehors, avait lancé Elsa. Habillez-vous chaudement, là !

Elsa était fort occupée en ce moment. C'est pourquoi elle avait crié de loin. Elle avait reçu des commandes à placer sur les tablettes. Elle avait couru toute la journée sans respirer. Sa chaudronnée de soupe avait bouilli sans surveillance pour ensuite, se répandre sur le poêle. Des clients étaient arrivés les uns après les autres. Le bébé avait percé des dents et hurlé l'heure de son boire. Les enfants voulaient toujours manger. Les aiguilles de l'horloge avançaient plus vite que de coutume et Elsa avait été seule pour tout prendre en main. Le temps s'assombrissait et les enfants étaient encore dehors.

La neige était tombée en masse. Laïla aimait sentir le froid qui fouettait son visage à chaque descente en traîne sauvage. Ce qu'elle aimait par-dessus tout, c'était les culbutes où elle se voyait rouler avec ses sœurs. Dès qu'elle se relevait, elle enfonçait les pieds dans la neige. Les pas de géant avaient marqué sa trajectoire. La tuque sur les yeux et les couettes glacées de chaque côté du visage, Laïla avait peine à voir.

Le soleil s'était assoupi tôt et le froid gagna le jour presque sur son heure de départ. Elsa avait tardé à appeler les enfants qui ne s'étaient pas rendu compte des heures de plaisir qui avaient fondu trop rapidement.

– Venez souper !

Laïla était surprise de voir que son père n'était pas là pour le souper puisqu'il n'y était pas le soir d'avant, ni l'autre non plus. Elle n'avait pas posé la question à sa mère qui se montrait désemparée. La fillette ne voulut pas en rajouter davantage.

Laïla écoutait une conversation entre sa mère et grand-papa Bazile. Elsa voulait qu'il lui passe de l'argent. Elle voulait faire *libérer* son mari, avait dit celle-ci à travers des sanglots. Elsa avait vu le temps des fêtes qui s'amenait à grands pas. Elle n'avait pas d'argent. Elle redoutait les ragots et elle se voyait bien mal prise sans son mari.

Denis promit de remettre l'argent dès que possible.

L'homme n'avait pas tenu sa promesse.

– J'ai pas d'argent. J'le paierai quand j'en aurai. C'est clair, ça ?

L'honnêteté faiblit dans la gueule du loup. Et Laïla punit le maître.

— — —

Les enfants avaient été habillés de neuf. Chaque année, Denis recevait une invitation de son employeur pour une fête de Noël. Laïla se rappelait la grandeur de l'événement et les cadeaux qui venaient avec. Encore fallait-il être obéissantes pour y avoir droit, aux dires de leurs parents qui s'étaient servi de cette excuse pour se faire écouter.

— Si vous n'écoutez pas, vous ne viendrez pas. Si vous n'êtes pas sages, vous n'aurez pas de cadeaux.

Il y avait un prix à payer pour tout. Denis n'appréciait pas que les enfants soient excités même à Noël ! Tout ce qui faisait du bruit l'exaspérait. Même les plaintes ne trouvaient pas de compassion.

Petits et grands avaient été subjugués de l'éclairage lunaire. Le soupçon de lumières faisait voir qu'une partie de la salle était remplie. Des bandes de papier crêpé tordues en spirale parcouraient le plafond. Le vert s'était acoquiné au rouge pour marquer sa trajectoire colorée. Des fils d'argent qui pendaient, se déplaçaient au gré de tous les va-et-vient. De jeunes enfants étaient sous le charme des ballons suspendus tête en bas. De la pointe des pieds au bout des doigts, ils avaient étiré leurs corps au maximum dans l'espoir d'atteindre le plus gros de tous.

Un gigantesque sapin avait les bras chargés d'ornements. Des rubans rouges l'enjolivaient également. L'arbre montait la garde près d'une estrade. Laïla avait l'impression de rêver tant tout ceci l'éblouissait. Malgré l'agitation, la famille au complet avait réussi à se faufiler jusqu'à une table inoccupée. Les enfants s'étaient quelque peu bousculés pour le choix de leur chaise.

– Ça va faire, là ! Trouvez-vous chacune une place et que je n'entende plus un mot.

Laïla avait observé des jeunes qui s'amusaient librement. Comme elle les enviait de pouvoir aller à leur guise ! Elle s'était demandé si elle pourrait faire de même sans que son père trouve à redire !

À cet instant, Denis revint avec les bras pleins de gâteries. Tout portait à croire que l'homme voulait garder ses enfants bien à la vue. Qu'importe ! La petite gourmande en profiterait sûrement pour se sucrer le bec ; après elle allait voir avec sa mère. Des chips, du chocolat et de la liqueur, tout avait été pensé pour satisfaire les désirs.

Elsa s'occupait des enfants. Denis riait en compagnie de compagnons de travail. Laïla avait vu qu'il s'en donnait à cœur joie. La fillette profita de l'occasion pour s'éloigner quelque peu. Denis n'avait pas du tout eu l'air d'un gentilhomme quand sa bonne humeur l'avait invité à lever sa bière à la santé de sa femme. Laïla avait cru qu'il se moquait. Elsa n'y prêta pas attention. Elle lavait les mains de Rémi qui voulait encore du chocolat. Trop petit pour se promener partout, elle l'avait assis sur ses genoux.

Elsa avait bien vu ces femmes sans élégance qui appréciaient que des hommes à l'allure de coqs de basse-cour leur chantent une romance pleine de finesses ! Et que dire de ces plaisanteries douteuses dont Laïla ignorait le sens ! Denis s'était joint aux autres.

Les hommes contaient fleurette à des créatures un peu trop affectueuses. Devant autant d'ampleur empreinte de galanteries et de flatteries, celles-ci en redemandaient encore et encore en rougissant à chaque fois ou en battant des cils. Deux hommes s'étaient rajoutés en laissant pour compte leurs femmes à la parlote facile, jugée probablement sans valeur. Les commères n'avaient pas l'air de s'en plaindre. Elles se tenaient les coudes serrés pour parloter des autres à leur guise.

Laïla marchait tranquillement en compagnie de sa sœur Louisa. Toutes deux portaient une robe de velours vert foncé dont les manches étaient rehaussées d'une bordure genre froufrou. Leurs longs cheveux châtain clair étaient retenus par une passe trouée de petites étoiles. Les fillettes avaient pris soin de ne pas s'éloigner comme leur mère l'avait demandé.

Un jeune enfant avait tiré sur un ruban qui rattachait quelques ballons qui se dispersèrent. Laïla avait jugé ce geste incorrect. Peut-être aurait-il mérité une remarque ? En tous les cas, son père à elle, il aurait pas laissé passer ça !

Un homme de grande taille avait accouru sur-le-champ. Il avait attrapé à la volée le jeune garçon qui riait à gorge déployée. Laïla avait sursauté. La réaction la surprit car elle s'attendait à autre chose que ce qu'elle venait de voir. Difficile à croire pour elle que l'homme puisse se réjouir face au tracas causé par l'enfant. Il avait tout simplement souri devant le méfait de son petit garnement. Il ne l'avait pas réprimandé du tout !

Laïla avait toujours entendu dire par son père qu'il ne fallait toucher à rien. Il articulait chaque lettre en serrant les dents bien fort pour bien se faire comprendre.

Finalement, les enfants avaient reçu leurs cadeaux. Elsa avait manifesté son désir de partir, mais Denis n'avait pas fini la fête.

– Oui, oui. Ce ne sera pas long, là !

Il se faisait tard et la salle avait commencé à se vider. Elsa avait sommeil et les enfants également. Denis parlait sans se soucier des autres.

– Les enfants sont fatigués, répéta Elsa. Tu ne seras plus en état de conduire si ça continue.

Denis n'avait pas apprécié la remarque. Que sa femme fasse allusion à l'ivresse, le mettait hors de lui. Elsa était inquiète. Denis finit par se décider et il se leva. La démarche hésitante de son mari laissa Elsa perplexe quant à la sécurité des enfants. Elle s'était bien gardée de le contrarier. Tout aurait été pire s'il se mettrait en rogne.

– Habille les enfants, là, pis j'arrive !

Denis mettait beaucoup d'ardeur dans tout ce qu'il faisait. Depuis bon nombre de soirées, Laïla l'avait vu qui travaillait d'arrache-pied. Malgré la noirceur qui régnait à l'extérieur, Denis s'obstinait à faire une longue glissade pour les enfants. Il avait monté un amas de neige puis l'arrosait chaque soir. À force de persévérance, la butte avait gelé pour former la longue glissade espérée. Contre toute attente de sa part, ce que l'homme avait voulu, dame nature l'avait modifié en un rien de temps au gré de ses émotions jusqu'à destruction de tant d'heures de travail.

Denis avait toujours voulu donner une image parfaite de sa famille. Il avait exigé de ses enfants qu'ils soient les mieux en tout. Il paraissait heureux mais l'était-il vraiment ?

– Assoyez-vous tranquilles. Ne dérangez pas. Ne demandez rien. Soyez polis. Je ne veux pas entendre un mot. Arrêtez de vous exciter. Écoutez quand on vous parle. Répondez quand on vous pose des questions.

Laïla n'aimait pas être le soldat de bois au garde-à-vous.

———

Laïla et Louisa s'étaient réjouies à l'idée de passer la fin de semaine chez Mamie. Candide, la plus jeune sœur d'Elsa, était importunée par leur présence, mais elle y avait trouvé un certain avantage. Les jumelles n'allaient certes pas empoisonner ses journées avec leur fou rire qui ne finissait pas.

Laïla s'était portée volontaire pour pratiquer les pas de danse sur une musique de rock'n roll. L'émission *American Bandstand* était celle de l'heure. Les fillettes brisaient l'accord des pas, s'excitaient et ricanaient sans arrêt. Candide était désespérée. La jeune femme avait un foutu caractère. Elle piqua une crise et partit sur-le-champ s'enfermer dans sa chambre. Les jumelles avaient pouffé de rires.

Quelques minutes plus tard, Candide avait changé de ton. Elle avait décidé de monter la longue chevelure de Laïla sur de gros bigoudis. Les cheveux s'emmêlèrent et Candide tira fort. Laïla se plaignit et Candide se fâcha. Laïla ne voulait plus et Candide retourna dans sa chambre.

Laïla avait la moitié de la tête frisée. Louisa s'était moquée de sa sœur qui riait elle aussi.

Mamie Bazile était une femme insouciante qui allait son train à la manière d'une bohème. Elle enveloppait ses petits-enfants d'une affection incommensurable quand elle se laissait aller à la joie enivrante de son ivresse ingurgitée à même la bouteille. De là, elle trouvait l'énergie nécessaire à faire ce qu'elle appelait son grand ménage. Elle passait des heures à frotter des bibelots sans valeur et des mois sans laver les planchers.

La vieille femme avait attendu impatiemment qu'à chaque semaine vienne le jour de joie où elle pouvait se payer son bon temps. La cigarette au coin de la bouche, la bière sur le comptoir, la guenille sur l'épaule et le tablier relevé sous les seins ; coup sur coup la vieille femme s'époumonait avec ses cigarettes allumées bout à bout.

Chaque soir, elle s'installait devant la télévision où elle regardait pour la centième fois les mêmes vieux films américains, sans oublier un lunch qu'elle appréciait se faire préparer. De la mortadelle à l'ail entre deux tranches de pain graissées de moutarde forte et un gros cornichon vinaigré : ça c'était un bon lunch pour elle ! La vieille femme savourait entièrement son assiette en se léchant le bout des doigts.

Les jumelles s'étaient tordues de rires en voyant Candide arriver. Ses cheveux étaient crêpés en chignon. On aurait dit de la paille en boule. Elle avait l'air d'une énorme montgolfière à cause de la crinoline qui gonflait sa robe.

– Maman ! Dis aux jumelles d'arrêter ! Elles sont toujours après s'énerver.

Mamie était concentrée sur la télévision. Elle n'avait rien entendu ; Clark Gable était tellement beau !

—•—

Laïla avait dormi dans une pièce pleine de boîtes de carton. Ces boîtes avaient été remplies de tissus et accessoires pouvant confectionner assez de vêtements pour habiller tous les gens d'une grande ville. Elles étaient là depuis toujours, empilées l'une par-dessus l'autre juste au cas où. La chambre de débarras était la chambre à coucher de la visite et la visite était les petits-enfants.

Mamie Bazile gardait tout.

– Jetez rien, là ! On ne sait jamais, ça pourrait servir un jour !

Laïla aimait fouiller les coins de la chambre de Mamie. Il y avait tout plein de vieilleries. Les jumelles se faisaient du cinéma avec ce qu'elles y trouvaient. Le monde hollywoodien ouvrait grand ses portes au cinéma ; et en anglais, s'il vous plaît. Laïla avait vu les vieux films de sa grand-mère et elle savait imiter les actrices.

La garde-robe cachait des robes démodées et pailletées que leur grand-mère ne portait plus. Mamie ne sortait que par obligation. Elle n'allait même pas faire l'épicerie. C'est pour dire qu'elle ne sortait jamais. Donc, les jumelles se permettaient de porter tout ce qu'elles voyaient dans le placard. De toute façon Mamie ne se fâchait pas. Elle riait de voir les filles ainsi accoutrées mais, pour les filles, c'était du sérieux ! Elles étaient belles, ces robes ! C'était du chic et de l'élégance utile pour s'approprier le premier rôle !

De vieilles boîtes rondes cartonnées dormaient sur une tablette. À l'intérieur se cachaient des chapeaux défraîchis par le temps. Des sacoches garnies soit de minuscules pierres, soit de perles, soit de rien du tout, étaient restées accrochées, attendant le bras qui porterait celle de son choix. Des souliers usés, modèles dépassés, avaient trouvé preneur quand Laïla avaient choisi les plus pointus. Ah ! les belles actrices !

Les jumelles avaient ouvert les tiroirs et se passaient le rouge à lèvres. Comme Marilyn aurait été fière de se voir si bien copiée ! Des flacons parfumés avaient conservé en secret un restant de fragrance. Que le spectacle commence ! Les petites avaient inventé des paroles dans un anglais dont elles seules pouvaient comprendre le jargon.

Laïla aimait la compagnie de sa grand-mère. La vieille femme ne voyait pas les obligations. En fait, elle laissait tout passer. Il n'y avait d'heure ni pour se coucher ni pour se lever ; pas de prières et surtout pas de légumes bouillis. Mamie portait les marques de son passé. Elle aimait beaucoup, mais elle aimait mal.

Au salon mortuaire, Laïla avait fait un effort pour s'agenouiller sur le prie-dieu. Ses genoux avaient bonne mémoire. La fillette observait l'inconnue couchée dans la tombe. Pourvu qu'elle ne bouge pas, avait pensé Laïla qui avait peur des morts.

L'enfant avait suivi son grand-père pour s'offrir une sortie. Mamie avait refusé de les accompagner et pourtant il s'agissait de sa sœur.

– Qu'est-ce qui se passe quand on meurt ? questionna Laïla.

– L'âme monte au ciel, avait répondu son grand-père.

La fillette avait attendu. Elle voulait voir ce à quoi ressemblerait l'âme qui monterait au ciel.

Grand-papa Bazile s'entretenait discrètement avec un homme à la carrure imposante. Des femmes parlaient fort et riaient sans gêne. Laïla pensa qu'elles étaient heureuses de se revoir. Leur bavardage aurait sûrement déplu à son père, avait pensé Laïla. Ce n'était ni l'endroit ni le moment pour se faire voir aurait-il répliqué ; surtout si ses enfants avaient été en cause.

Laïla avait cherché à voir des enfants. Il n'y en avait nulle part. Elle avait abouti dans une pièce qui empestait le cigare. Qu'aurait dit son père ? Ben voyons donc ! C'est normal que les hommes fument le cigare ! Personne n'avait parlé avec Laïla. Qui aurait fait attention à une pie qui cherche des bibittes ?

Le soleil avait chauffé le corps de Laïla depuis qu'elle avait marché sur le trottoir à la sortie du salon mortuaire. Son costume pied-de-poule avait été correct pour la circonstance mais beaucoup trop épais pour la température de l'après-midi.

Grand-papa Bazile ne se plaignait pas, lui ! Laïla avait trouvé qu'il avait été le plus élégant de tous ce matin quand elle l'avait vu papoter avec les autres. Il était tout de noir vêtu. Un chapeau melon couvrait une partie de ses cheveux argentés. Son parapluie à bout de bras et ses souliers frais cirés marquaient ses pas de gentleman. Cet homme n'était pas grand mais aux yeux de Laïla, il le paraissait.

– Veux-tu une crème à glace ? avait demandé le vieillard à la voix étouffée.

Plus que quelques pas et ils y seraient. Laïla avait hâte ! L'offre était arrivée bien à propos. La chaleur était si intense !

Le vieil homme et sa petite fille avaient pris la rue principale qui traverse le plus vieux quartier de la ville. Ils étaient passés devant les devantures des commerce avant de rentrer chez *Olivier*.

Le magasin comptait deux étages. Le premier offrait des journaux, de la gomme, des cigarettes et plein de petites choses comme ça. Le deuxième était aménagé pour les gourmands. Les bancs étaient couverts de cuirette turquoise et rose foncé. La structure était d'acier chromé.

Un jeune venait de mettre une pièce de monnaie dans le juke-box juste à côté d'une table libre. Laïla avait opté pour cette place en raison de la musique qu'elle entendrait bien mieux. Quant à son grand-père, il n'avait rien remarqué de dérangeant. Il était sourd et son appareil ne fonctionnait pas bien. Si on lui adressait la parole, il tirait l'oreille vers l'avant. Ça lui donnait l'impression d'entendre mieux mais ce n'était pas une garantie qu'il comprenne puisqu'il demandait de répéter.

– Ah, ah ! disait-il en souriant.

Puis le vieil homme répondait avec son bel accent italien. Il aurait mieux valu pour la petite de naître en Italie tellement ce pays la fascinait. Peut-être un jour... se dit-elle. Laïla questionnait son grand-père sur ses origines. Elle voulait qu'il lui apprenne quelques mots de sa langue. Lui, il préférait la voir apprendre l'anglais.

– Tu en auras besoin un jour quand tu chercheras du travail.

– J'aime mieux l'italien.

Laïla faisait danser ses souliers vernis sous la table. Il n'y avait pas de jeune de son âge. Ça ne la dérangeait pas ! Elle était l'étoile la plus brillante de cet univers. *Mille grazie !*

———

Le couple Bazile n'avait rien en commun. Si la vieille femme se couchait juste avant de voir le soleil arriver, le vieil homme se levait à l'heure des poules. Ils se parlaient rarement. Ils se supportaient difficilement. L'un et l'autre se tombaient sur les nerfs.

Laïla n'aimait pas les entendre se chamailler. Elle était le pion qui cherchait la meilleure position pour ne pas tomber en échec. Elle s'affolait de ne pas savoir quoi dire ou quoi faire quand ils se disputaient.

Laïla entendait les échos d'un orage. De quelle force serait celui-ci, s'était demandé l'enfant. Elle écoutait, mais refusait de prendre parti. Ils étaient bons ; tous les deux. Pourquoi ne l'étaient-ils pas entre eux, avait pensé l'enfant. Elle les aimait autant, mais elle détestait les entendre s'obstiner.

Il n'y avait pas de lumière dans le passage. Les voix provenaient de la cuisine. Laïla recula quand elle entendit des pas. L'homme au sang chaud d'Italie était passé sans la voir. Il avait marché droit à sa chambre, ignorant les injures de sa femme qui le poursuivaient. Mamie n'était pas dans un état normal. Hier avait été son jour de joie où le livreur avait apporté la caisse de bière. Mamie n'avait probablement pas résisté à l'envie d'en prendre plus que de coutume. L'ivresse avait déformé cette femme. Laïla la vit s'étendre sur le divan du salon. La couverture montée à son cou avait dissimulé deux cœurs. Laïla aurait voulu être un chirurgien pour enlever le plus rabougri des deux, mais la petite avait de la poussière dans les yeux. La pluie avait inondé son jardin une bonne partie de la nuit.

Laïla entendit le crissement des pantoufles. Son grand-père était debout. Le vieil homme avait regardé d'un regard épuisé celle qu'il avait aimée jadis ; rien à voir avec la vieille sur le divan. Sa présence pesait dans l'air. Il n'en disait jamais mot. Il écoutait passer les heures.

Elle ronflait à pleins poumons. Il éteignit la télévision ; comme bien des fois auparavant. Laïla connaissait les gestes de son grand-père. Elle savait ce que le soupir avait voulu dire quand il ferma la porte derrière lui.

Laïla s'était levée sans faire de bruit. Elle avait préparé son déjeuner. Les pigeons étaient venus sur la toiture pour quêter leur nourriture. Laïla avait ouvert la fenêtre pour leur donner la croûte de pain qu'elle n'aimait pas manger. Elle avait passé la tête dans un chandail et enfilé un pantalon. Elle ne savait pas encore ce qu'elle ferait de sa journée.

Mamie dormait. Elle soufflait son trop plein par des ronflements sonores qui laissaient présager qu'elle dormirait encore longtemps. Fort probablement jusqu'à midi, avait pensé la fillette qui décida de sortir prendre l'air.

Grand-papa Bazile était le propriétaire d'un *shoe shine*. Le commerce se trouvait au centre ville tout près de chez lui. Il s'y rendait de bonne heure tous les matins. Des hommes y venaient pour faire cirer leurs chaussures.

Le cylindre rouge et blanc qui tournoyait sur lui-même, annonçait un *barber-shop* à l'arrière. Laïla avait vu que des clients se trouvaient là. Il restait bien quelques places libres, mais la fillette préférait attendre dehors. Elle n'avait pas voulu déranger son grand-père dans son travail. Lui l'avait vue. Il sortit et l'invita à rentrer. Laïla sourit et entra. Une chaise en cuirette de couleur acajou l'attira. Des boutons dorés donnaient de l'élégance au fauteuil.

Un employé faisait aller son torchon pour frotter les souliers d'un client qui avait mis son pied sur la marche. L'homme au veston rayé avait semblé satisfait de la brillance de ses souliers. Il avait mis la main à sa poche après avoir fermé son journal. L'employé reçut la poignée de change avec plaisir.

Laïla ramassa la bouteille de coke sortie de la machine. Elle avait payé avec le cinq cents que son grand-père venait de lui donner.

Elle avait attendu sagement que le vieil homme soit prêt à partir. L'humidité qui avait collé son dos à la cuirette n'avait pas dérangé l'enfant bien au-dessus de tout dans son fauteuil haut perché. La reine avait bien aimé se faire gâter sans se sentir de trop.

– Mesdemoiselles, mesdemoiselles ! en rang !
silence ! ordonna la religieuse.

Selon Laïla, les règles de l'école étaient presque
identiques à celles de son père. Exception faite de
celle de bois ! Les religieuses appliquaient-elles les
règles aussi bien que son père ou les oubliaient-elles
parfois ? La fillette l'ignorait. Les dames en noir
affichaient un air sévère qui n'invitait pas à
l'approche ; le claquement du carré de bois ou le son
de la cloche rappelaient les élèves à l'ordre. Les indis-
ciplinées apprenaient comment se tenir. Les chou-
chous se reconnaissaient à la quantité d'images dans
leurs cahiers d'école.

– Regarde ce que j'ai eu !

– Tu es bien chanceuse, toi !

Il y avait les cours de bienséance, de religion et les
messes. Laïla voyait mal que sa pensée passe aux
mains de plusieurs modeleurs. La girouette tournait
son esprit dans tous les vents ; jamais dans le bon
sens. Si elle venait à passer devant une religieuse, elle

inclinait la tête tout comme les autres. À moins qu'elle ne passe trop vite ! Bon, l'enfant ne voyait rien de mal à courir. Ça dégourdit les jambes, disait son père quand il voulait qu'elle se grouille. Si elle n'avait pas vouvoyé sa grand-mère, ça n'avait pas été pour fâcher son père. Non. Cette langue avait paru moins familière aux yeux de l'enfant.

Des événements amenaient le curé de la paroisse à faire sa visite dans les classes. Le seigneur du quartier paraissait plus grand vu de la chaire et plus fort quand sa voix rebondissait dans les oreilles de Laïla.

– Qu'est-ce que le petit catéchisme, avait demandé le saint homme.

Laïla connaissait la réponse. Elle l'avait répétée tant de fois devant son père. Elle n'avait pas levé sa main comme toutes les autres. Elle devint si petite qu'on pouvait croire à son absence.

Le petit catéchisme est le livre dans lequel nous apprenons tout ce qui nous est nécessaire pour aller au ciel, avait chuchoté sa conscience.

– Où est Dieu ?

C'était tellement facile pour elle ! Le livre avait déteint dans sa tête le soir où elle avait pleuré la mort de sa mémoire.

Dieu est partout, répéta sa conscience pour ensuite la traiter d'idiote.

Elle aurait aimé elle aussi qu'on la félicite ! Pourquoi n'avait-elle rien dit ? Et si la mémoire était revenue juste pour tirer la langue ! Si elle était repartie avec les mots ! Pauvre cruche, répliqua sa conscience.

C'est bien fait pour celles qui attendaient les faibles pour se moquer, songea Laïla. Il y en a tout plein dans le monde des gens qui aiment manger la laine des autres. Moi, la laine, je trouve que ça assèche le cœur, avait dit le mouton fier de son manteau.

Les filles avaient poussé leur chaise sans faire de bruit. Elles s'étaient levées en même temps et avaient parlé en chantant. Laïla était la plus grande et c'est elle qui avait la plus belle voix.

– Bonjour, Monsieur le curé ! Bonjour, ma Mère Supérieure !

C'était en allant à l'église avec ses parents que Laïla avait appris que Dieu est amour, que le paradis est dans le ciel, et que le diable est en enfer. Satan était dans la bouche de toutes les mauvaises langues et dans la tête de tous les enfants.

« Si vous n'allez pas à la confesse le diable viendra

vous chercher. Si vous n'obéissez pas, vous irez chez le diable. Si vous n'allez pas à la messe, vous brûlerez en enfer. Si vous ne dormez pas, le diable viendra vous tirer les orteils. »

Laïla avait peur du diable. Elle allait à la messe parce qu'elle était certaine de ne pas le trouver là. Les sœurs parlaient de la prière comme s'il s'agissait d'un bon gâteau au chocolat. Elles priaient souvent et elles étaient bien portantes. Les dames en noir faisaient la rangée sur le banc de l'église. Laïla faisait la queue pour aller à la confesse. Elle redoutait cette pratique qui la portait à mentir.

– Quel péché as-tu commis mon enfant ? avait demandé l'homme dans l'ombre.

Laïla reconnut le curé, et le curé fit comme s'il ne le savait pas.

Quel péché ? Quel péché ? se demanda l'enfant qui n'avait pas eu le temps d'y réfléchir. Un enfant avait-il des péchés, demanda Laïla à sa conscience. Mais oui, s'exclama celle-ci.

– Euh ! J'ai été gourmande.

– Combien de fois, demanda l'homme.

Combien de fois ? Combien de fois ? se demanda-t-elle. Si je dis une seule fois, il ne me croira pas. Si je dis trois fois, je risque de voir ses vrais yeux.

– Deux fois, répondit l'enfant.

– C'est tout ?

Laïla alla chercher le serpent puis cracha son venin de bêtises. Le curé ne reconnut point le serpent et Laïla fut quitte pour un chemin de la croix. Encore fallait-il qu'elle sache quoi dire ! La conscience de Laïla avait dit que c'était un *Je vous salue Marie* à chaque arrêt du chemin de croix. Impossible, avait répliqué Laïla. Elle avait vérifié. Les sœurs étaient restées sur place beaucoup plus longtemps que la durée de cette prière. Que disaient les murmures des saintes femmes ?

La sœur avait pourtant dit pas de manches courtes ! Laïla avait transmis le message à sa mère. Elsa avait trouvé les robes tellement belles qu'elle n'avait pas pu résister. Les robes de première communion étaient blanches avec un collet de dentelle, un ruban de soie pour la taille et des manches bouffantes. Il y avait aussi un diadème et un voile.

On aurait dit que les jumelles allaient se marier.

– Mais maman !...

– Je ne vois rien de mal à ce qu'on voit vos bras.

Il fera chaud et vous serez bien contentes de vos manches courtes, avait protesté Elsa.

– Vous ferez porter un chandail à vos filles sinon elles ne pourront pas entrer dans l'église comme ça, avait répliqué la mère supérieure.

La coutume voulait que les femmes portent un chapeau pour entrer dans l'église. La même coutume obligeait les hommes à retirer leurs chapeaux pour entrer dans l'église.

Il avait fait chaud cette journée-là. Les jumelles avaient mis un chandail pour couvrir leur robe. Elles n'avaient pas participé à la procession d'après. La mère supérieure avait jugé les robes trop indécentes.

– Wow ! Que vous êtes jolies, s'était exclamé le photographe.

Laïla était satisfaite de la photo noir et blanc qu'elle tenait dans ses mains.

Denis avait appelé sa femme pour lui apprendre qu'il arriverait tard en soirée. Sitôt les bains donnés, Elsa avait couché les plus jeunes pour s'installer devant la télévision avec Mamie et les jumelles. Après coup, son mari avait rappelé pour annoncer qu'il arriverait sous peu avec de quoi manger. Tout le monde s'en était régalé à l'avance.

La soirée avançait à grands pas et les enfants avaient de plus en plus de difficulté à garder les yeux ouverts. Mamie, qui s'était délectée en imagination, avait peine à attendre tellement la jouissance tiraillait son estomac. Elsa, qui s'était questionnée sur le retard de son mari, ne s'en était pas inquiétée outre mesure. Au bout du compte, les heures qui avaient filé de plus belle, avaient forcé Elsa à coucher les filles.

– Au lit, les filles !

La mère avait bien plus peur de voir dans quel état serait son mari.

Denis arriva sur le tard avec un sac sous le bras. Il était d'une humeur joyeuse enivrée d'un parfum puant l'alcool. Il avait raconté une histoire à dormir debout que sa femme n'avait pas cru un seul instant.

– Tu arrives trop tard, avait déclaré Elsa sur le point de se mettre au lit.

– Où sont les filles ?

– Elles sont couchées.

Au mépris de son retard, Denis avait été contrarié. Il ordonna à sa femme de réveiller tout le monde. Il riait grassement.

– Réveille les enfants ! Ils seront contents ! Dis à ta mère de venir manger son lunch ! Je n'ai pas apporté ça pour rien, moi !

Elsa l'avait ignoré.

– Hé ! Je te parle, hurla son mari.

Il avait haussé le ton en la dévisageant.

– Je t'ai dit de réveiller les enfants. C'est la dernière fois, tu m'entends ! C'est la dernière fois que je vous fais plaisir.

Il frappait la table avec son poing.

– Compris ? Dis-leur de venir manger !

Elsa avait conscience que la condition de son mari ne lui donnait pas le choix. D'apparence calme au-dehors mais nerveuse en dedans, elle avait obtempéré sans s'obstiner. L'homme avait des moments de folie qui ne passaient que s'il se sentait respecté. Bien que le lunch ait refroidi, chacun avait mangé sa portion sans mot dire.

—— • ——

Des amis enviaient Laïla parce que son père avait un magasin.

Les bonbons c'est pas pour manger, c'est pour vendre, avait dit son père. S'il arrivait à Denis d'être généreux, c'était pas sur commande. C'était quand il décidait. Les bonbons, ça donne des caries et puis vous aurez mal au ventre si vous en mangez trop, disait-il.

Laïla passa devant le comptoir à bonbons. Prends-en un ! Juste un, avait dit sa conscience qui manquait de sucre.

Laïla n'était pas certaine d'avoir bien entendu. Il est vrai que les bonbons la tentaient bien gros. Elle jeta un coup d'œil à la cuisine. Elsa ne pouvait pas voir. Elle faisait la vaisselle. Denis avait les yeux rivés sur la télévision. Il n'y avait rien pour le rendre plus sourd que les *Canadiens* sur la patinoire. La soirée du hockey était celle où Laïla volait de ses propres ailes.

La fillette tourna les talons sans faire de bruit.

Elle glissa délicatement la petite porte de bois, ramassa un bonbon, repoussa la porte, se leva, marcha vers la sortie, referma la porte et courut en bas de la galerie.

– Ouf !

Laïla se questionna. Était-ce la peur ou la culpabilité qui donna une odeur au bonbon ?

-– Qu'est-ce que tu fais là ?

Laïla sursauta.

– Rien !

L'enfant cacha vivement les mains derrière son dos.

– Qu'est-ce que tu caches dans ton dos ?

– Rien !

Laïla laissa le bonbon glisser dans la neige.

– Viens ici tout de suite ! Vite ! Grouille-toi !

Laïla ne s'était pas méfiée. Le loup avait faim. Comment son père avait-il pu savoir ? La bête avait dû reniflé ses pensées puis replacer les morceaux du casse-tête.

En fait, Denis avait entendu la cloche. De coutume, elle annonçait les allées et venues des clients. Denis se leva après avoir maugréé contre les buts qu'il manquerait, c'est sûr ! Pas de client. Il regarda à la fenêtre. Il vit sa fille. La porte du comptoir n'était pas fermée selon son habitude à lui. Le loup était rusé.

– Je t'ai vue !

Laïla maudit sa propre voix et son visage de l'avoir trompée. Et pourquoi pas ses mains quant à y être ! Denis avait attrapé sa fille par le cou. Le loup avait les pattes longues, avait pensé Laïla.

– Espèce de voleuse ! Je vais te montrer moi à prendre des choses sans ma permission.

C'est tout ce que Laïla comprit. Le loup parlait souvent dans une langue qui échappait à ses oreilles. L'enfant voulut s'envoler, mais la mouche avait perdu ses ailes. Le bruit du papier écorcha les oreilles de celles qui trouva tous les bonbons amers.

———

Laïla n'avait pas entendu la voix de sa mère. La fillette roulait dans l'herbe. Le chien aboyait plus fort que le rire des enfants. Le gros animal fouillait avec son museau pour trouver un visage à lécher.

– Pourquoi tu ne réponds pas quand on t'appelle ?

– Je n'ai pas entendu.

– Penses-tu que j'ai juste ça à faire moi, venir te chercher ?

Le chien sautait, aboyait, grimpait et Laïla s'en amusa.

– Tais-toi ! Tais-toi. Ferme-la !

Denis s'était emporté contre le chien. L'homme s'irrita et lança son pied pour frapper. Le chien esquiva le coup de justesse et courut se réfugier sur la galerie. Denis menaça de s'en défaire au plus vite. Laïla pensa que le chien aurait pu prendre la force du dragon pour vaincre le loup qui n'oubliait pas ce genre de promesse. L'enfant caressa la tête du chien.

– Tu n'as pas besoin de les emmener avec toi, s'objecta Elsa.

Denis n'avait pas répondu.

Laïla arriva quand son père quitta la table. Les enfants se taquinaient en prenant leur déjeuner. Denis remonta de la cave et sortit par la porte du devant. Il revint au bout de quelques minutes.

– Habillez-vous les filles ! Nous allons faire une promenade.

Les enfants commencèrent à courir dans leur chambre pour s'exécuter à la hâte. Le temps frais de l'automne était là pour faire penser à se couvrir bien chaudement.

– Le chien vient aussi, ajouta Denis.

De coutume, jamais Denis n'acceptait que le chien vienne dans la voiture. Laïla était contente et le chien aussi.

La route se montrait plutôt désertique. Même les maisons disparaissaient du décor. Les arbres nus faisaient la chaîne. Denis arrêta la voiture.

– Restez là ! Je reviens tout de suite.

L'homme sortit de la voiture, ouvrit la portière arrière et appela le chien qui suivit sans protester. Laïla entendit le bruit du coffre arrière qui venait de se refermer. Elle vit son père, la main de son père, le fusil et le chien. Puis… pan !

Laïla chercha la raison. Sa mère n'avait rien dit. Son père savait. Le chien ignorait. Laïla rugissait contre sa mère, contre son père et contre le chien. Elle se demanda quelle peau prendre. À quoi bon ? Le loup n'avait peur de rien. Elle entendait les sanglots des autres qui pleuraient comme s'ils avaient vu l'incendie sans pouvoir le combattre. L'enfant toucha son cœur. Tiens ! Il est froid. Elle le regarda. Il avait l'apparence de la glace. Pourvu qu'il ne fonde pas, pensa le bonhomme de neige.

– Taisez-vous ! hurla Denis à son retour.

De ce décor automnal couleur feu, il ne restait que les cendres du spectacle. La forêt avait été témoin du meurtre. Jamais elle ne parlerait.

Il avait fallu beaucoup de courage à Laïla pour marcher le long de la classe jusqu'au pupitre de la maîtresse. Juste la décision de se lever avait été pénible pour la fillette. Elle voyait des têtes remuer, des yeux demander et des voix murmurer.

Ah ! Vas-y donc, avait dit sa conscience. De toute façon, tu n'as pas le choix. Ça presse !

– Est-ce que je peux aller à la toilette, demanda Laïla de sa voix la plus discrète.

– Pourquoi n'y es-tu pas allée avant d'entrer en classe, s'écria la femme.

La fillette était devenue rouge écarlate.

Est-ce seulement mon visage ou l'étendue de mon corps qui illuminait à ce point, s'informa Laïla auprès de sa conscience. C'est pire, répondit celle-ci.

Laïla sentit le feu prendre à son corps. Éteignez le feu, disait la conscience que personne n'entendit.

Laïla se rappela les paroles de son père qui disait qu'il fallait aller à la toilette avant de se coucher et non après être couchée. Pourquoi n'avait-elle pas fait de même à l'école ? Les règles de l'éducation étaient les mêmes partout !

Laïla attendait. La maîtresse gardait le nez dans son livre. La fillette refusait de piétiner. On se rendrait compte de son malheur rien qu'à voir le geste, et des rires résonneraient à ses oreilles !

– Retourne à ta place ! Allez !

Laïla n'avait jamais pensé que l'inondation arriverait si vite ! C'était la catastrophe. Laïla capitula.

– Mademoiselle, bredouilla la souris.

– Ah ! Mon Dieu !

La maîtresse fit sortir les enfants pour la récréation. La femme se confondit en mille excuses. Laïla n'entendit rien. La chair de son visage avait fondu devant l'importance des brûlures. Les moqueries avaient trouvé la fissure. Le vent avait secoué le saule, mais la risée avait collé au nid.

———

Laïla était convaincue qu'elle n'avait jamais eu aucun talent pour quoi que ce soit. Personne ne lui avait jamais dit qu'elle avait fait quelque chose de beau ou de bien à un moment donné ou à un autre. Elle n'avait jamais su comment écrire le mot « félicitation ». Elle n'avait qu'à prendre le dictionnaire si besoin ! C'est sa main gauche qui avait pris le crayon en premier mais la sœur avait tapé la main gauche. La main droite avait ri en se mettant à écrire n'importe quoi.

Laïla bafouillait. Elle avait entendu sa voix qui s'était trompée encore une fois. La nervosité empêchait l'enfant de se rappeler l'oral qu'elle avait si bien préparé. Pourquoi tous la pensaient-ils calme et posée alors que l'intérieur faisait la guerre à sa pensée ? Laïla acceptait que deux yeux la regardent. Encore fallait-il que ces yeux soient de la couleur de ceux de sa mère. Une douzaine, c'était beaucoup trop pour elle. Laïla était aveuglée.

– Pourquoi es-tu rouge ? demanda une niaiseuse.

Ce n'est pas le temps de faire appel à la rêverie, pensa Laïla qui n'avait plus d'amie.

Une minute, avait dit le professeur. Une minute, s'exclama la conscience de Laïla qui avait pensé devenir malade.

Laïla n'avait plus jamais voulu parler devant un groupe. Elle avait remis son texte au professeur en demandant de la noter sur cinquante pour cent au lieu de cent.

Les lèvres s'étaient serrées. La main droite avait écrit ce que la voix ne pouvait pas dire. Le cœur chiffonna le zéro que la note avait eu et la main gauche jeta le tout à la poubelle.

Elsa n'avait pas su à laquelle elle allait donner sa robe de mariée.

– Ça dépendra de vos notes, lança Elsa.

Louisa apprenait plus facilement que sa jumelle. Ses bulletins étaient biens. Ceux de Laïla avaient perdu la mémoire. L'enfant ne savait pas si elle avait fait assez d'efforts. Louisa avait dû en mettre. De toute façon, qu'est-ce que je ferais d'une robe de mariée ? se demanda Laïla.

Quand tu fais quelque chose, prends le temps de bien le faire sinon ça n'en vaut pas la peine, répétait Elsa.

Un inspecteur du ministère avait fait irruption dans la classe avec une pile d'examens dans les bras. Il avait été sur le point de remettre les résultats quand Laïla s'était souvenue de ce fameux jour où elle avait paniqué.

L'homme avait distribué les copies une à une en

insistant sur le temps de départ. Laïla avait tenté de répondre au mieux de sa connaissance. Les minutes avaient fui comme des mouches. L'enfant tenta d'attraper les insectes qui avaient volé ses minutes. Il y avait beaucoup trop de questions compliquées. Lire, regarder l'heure, relire, regarder l'heure, comprendre, se questionner, regarder l'heure, répondre, passer à la question suivante sans regarder l'heure et… trop tard. L'homme avait tiré sur sa feuille sans qu'elle puisse mettre son point final.

– Vous lèverez la main quand je nommerai la lettre qui correspond à votre résultat.

De quoi se mêle-t-il celui-là, avait chuchoté la conscience de Laïla.

L'inspecteur était bon parleur. Laïla avait vu qu'il avait deux bouches. L'une avait dit à l'autre ce qu'elle devait dire. L'enfant n'avait pas compris la langue de l'homme.

Peut-être se nourrit-il de tranches de fleurs, avait pensé l'enfant. Ça fleurit une bouche, mais c'est pas naturel, ça !

– Bon. Je ne continuerai pas. Le reste des résultats ne vous concerne pas. Vous n'êtes pas des arriérés mentaux que je sache !

Laïla n'avait pas levé sa main. La main était trop

petite. Personne ne l'aurait vue. Si on avait demandé de l'étirer, l'enfant aurait eu peur que la peau déchire. Ses yeux n'avaient pas bien vu le résultat. Il était trop petit. Il était aussi minuscule que le calcul de son quotient intellectuel. Elle avait un corps. C'était déjà bien ! Pourquoi pas un contour doré avec ça ? Les autres en avaient bien un !

L'enfant avait soufflé sur l'homme et il avait basculé de l'autre côté de la fenêtre. Laïla avait beau faire les cent pas… il fallait des souliers neufs.

—————

Laïla avait détesté tout ce temps passé en compagnie d'une boîte de *kleenex* et d'une gomme à effacer. Tout ce qui lui rappelait l'école !

– Va te coucher. Ça ne donne plus rien de continuer, disait sa mère.

– Elle ira se coucher quand je lui dirai. C'est compris ? C'est moi qui décide, répliquait son père. Qu'est-ce qu'il faut que je fasse pour que tu comprennes enfin ! C'est une bonne fessée que tu veux ? Hein ! tu veux l'avoir ! Eh bien ! tu vas l'avoir !

Et la marionnette volait en éclats.

– Non, non ! Ah, non. Ah ! Papa, arrête !

Et c'est ainsi que le loup avait mangé la dernière

bouchée de la marionnette. Mais le loup avait encore faim. Il mangea même l'air que la marionnette n'avait plus besoin pour respirer.

– As-tu peur, s'informa la conscience de Laïla.

– Non, répondit tout bonnement celle-ci. Pourquoi aurais-je peur ? Je n'existe plus.

– Qui implore la pitié alors ? s'informa à nouveau la conscience.

– Je ne sais pas. Demande à l'autre, répondit avec dédain celle qui n'existait plus.

– Je veux aller à la toilette.

Denis avait les yeux vitreux, les dents serrées, le menton crispé et son regard... Il déversait sa colère sur sa fille avec une telle violence que l'enfant se voyait incapable de penser à une fin prochaine. La fillette pleura si fort que sa mère eut pitié. Le loup avait mis ses oreilles à l'envers. La conscience avait demandé à l'homme s'il était sourd. L'enfant avait redit qu'elle voulait aller à la toilette. Denis avait de la poussière au cerveau. L'enfant avait insisté pour parler du mal de son corps. Le mal du dehors voulait gagner le dedans.

Non, non, non, avait dit la conscience. Oust !

L'enfant avait été incapable de retenir son envie. La nature avait été impitoyable envers elle ; et son père aussi. Laïla avait été blessée quand la honte avait trouvé le chemin de son cœur.

– Va-t'en à la salle de bain tout de suite. Après, tu reviendras ramasser ça.

L'enfant était mouillée. Elle ne reconnaissait plus ni sa maison, ni même sa propre odeur. Elle avait retiré ses vêtements. Elle avait lavé son corps avec sa main gauche. Quelle maladroite, chicana sa conscience.

Elsa avait apporté le pyjama que Laïla enfila pendant que son père lançait des « grouille-toi » par-ci et des « grouille-toi » par-là. Elsa prit les devants et ramassa le dégât.

– Laisse ça là ! C'est à elle de ramasser son dégât !

Laïla avait frotté, frotté et frotté, mais la tache était restée sur son cœur.

– Va te coucher !

L'enfant n'était peut-être pas riche, mais elle avait son oreiller.

Laïla avait enfoncé ses deux pieds au fond du tapis blanc qui avait recouvert le trottoir. Elle releva la tête. Un beau spectacle, pensa-t-elle. Elle tira la langue et s'amusa à attraper les pompons blancs que lui lançait le ciel.

Des lumières clignotaient autour des vitrines. Des commerçants avaient mis à la vue leurs beaux paquets bien emballés dans du papier des fêtes. Les cantiques de Noël sortaient tout droit du micro et directement sur la Grande Rue. Le temps des réjouissances avait massé les acheteurs au centre ville. Les passants de classe moyenne hâtaient le pas. Ils avaient mis leur manteau de drap et des claques couvraient leurs souliers. Ils tenaient, de leurs mains nues, la poignée des sacs de papier brun. Les plus riches avaient sorti leur fourrure de la boule à mites. Ils portaient des boîtes enrubannées avec leurs mains gantées de cuir.

Un faux Père Noël avec une barbe synthétique se tenait au coin de la rue. L'on entendait sa cloche qui résonnait. Elle demandait l'aumône pour les familles pauvres. Ceux qui avaient entendu, laissaient tomber des piastres ou du change dans la boîte de plastique transparente. Les autres étaient passés sans regarder.

Laïla avait magasiné avec ses sœurs dans les magasins à quinze cents. Elles avaient mis leur argent ensemble pour acheter un cadeau à leur mère et un autre pour Mamie. Ça finissait toujours par être du parfum pas cher enveloppé dans un restant de papier de l'année passée.

Chez Mamie Bazile, c'était la maison du spaghetti avec son odeur d'ail, même à Noël ! Le sapin avait répandu son parfum dans le vieil appartement du centre ville. Mamie attendait que les enfants viennent pour décorer.

Laïla avait trouvé que tout était vieux chez sa grand-mère. Les murs et les toiles des fenêtres étaient jaunis. Les meubles et le plancher de bois avaient vieilli. Les décorations de Noël avaient confirmé encore plus sa pensée. Comme chaque année, la vieille femme racontait l'histoire de sa boîte d'ornements pendant que grand-papa Bazile remplissait des plats. Il mettait toujours la même chose : des clémentines, des noix, des jujubes et des bonbons forts. Il déposait les plats toujours au même endroit : sur le desk à côté de la porte d'entrée.

Grand-papa Bazile préparait sa sauce lui-même ; avec beaucoup d'ail. Il y en avait partout : dans les boulettes, dans la salade et dans la vinaigrette. Laïla aimait l'ail parce que l'ail c'était son grand-père, sa grand-mère, leur maison et l'Italie. La tourtière venait ajouter une petite touche québécoise au menu. Il y avait bien sûr la bouteille de vin italien dans son lit de paille debout au milieu de la table.

Le papier et les rubans servaient pour plusieurs années. Mamie se chargeait de tout récupérer quand les enfants avaient fini de déballer leurs cadeaux. La soirée se passait sans façon juste à parler. Mamie insistait pour faire la vaisselle. Laïla l'avait vu boire à même la bouteille.

L'enfant avait détesté la couleur de la bière, mais elle avait aimé les élans de tendresse que la vieille femme avait eus juste après.

Denis avait vendu le commerce pour acheter une petite maison à la campagne. La cour arrière avait été aménagée à la manière d'une fermette.

Elsa venait de déposer le bébé sur le lit. Les enfants jouaient ensemble dans la chambre de leurs parents. Tania tendait ses menottes. Elle voulait la suce que Mamie tenait du bout des doigts. Denis semblait en pleine forme. Les enfants avaient été satisfaits de leurs cadeaux. Rémi avait à peine deux ans. Il avait été impressionné par le cadeau de Julia et il le voulait.

– Touche pas, dit celle-ci.

Dès qu'il eut l'occasion, l'enfant prit l'objet et se sauva.

– Donne-moi ça ! Donne-moi ça que je t'ai dit.

Julia tira à son tour.

Denis était venu voir ce qui se passait. Mamie avait voulu raisonner Rémi, mais le jeune ne l'avait pas écoutée.

– Non, non, tit gars. Touche pas, avait dit patiemment Denis avant de retourner au salon avec sa bouteille de bière à la main.

Valence avait choisi le coin du mur. Personne ne pourrait toucher à son jeu. Elle avait étiré le cou juste pour voir. Julia avait changé de place. Elle tourna la manivelle de sa machine à vues pour que les autres puissent voir les images sur le mur.

Elsa avait jeté un coup d'œil du côté du salon. Denis buvait encore.

Rémi profita du fait que Julia regarde ailleurs pour ramasser la machine à vues. Il se faufila en vitesse pendant que les autres tentaient de lui retirer. Julia attrapa son frère par un bras. Rémi tapa sa sœur. Julia tira sur son jouet. Rémi tirait aussi. La machine à vues tomba puis craqua.

– Ah !

Julia éclata en sanglots. Rémi avait regardé d'un air innocent.

Denis arriva.

– Qu'est-ce qui se passe ici ?

Julia pleurait. Elle avait montré sa machine à vues. Tous les enfants parlaient en même temps.

– Taisez-vous ! Bon. Qu'est-ce que tu as fait là ? Hein !

Denis regardait Rémi qui commençait à peine à parler. Elsa prit la défense de son fils.

– Voyons, Denis. Arrête. Il n'a pas voulu mal faire. Il est trop petit pour comprendre.

En un rien de temps, la colère arriva dans le regard de son mari. Il prit le bras du petit et le serra si fort que l'enfant leva de terre. Il secoua le corps devenu mou. Laïla entendit un bruit et l'enfant se mit à pleurer. Ce n'était pas un jeu.

Mamie protesta.

– C'est assez là ! Arrête. Tu vas le tuer !

– Mêlez-vous de vos affaires, vous !

Il avait semblé à Laïla que son père aimait faire voir sa force. Et qu'il ne voyait pas la peur dans les yeux des autres ou que peut-être cette peur faisait sa force ? Elle l'ignorait. Elle n'avait pas de mémoire.

Denis cessa et Elsa prit le petit dans ses bras. Il hurlait. Le loup avait cassé le bras du petit.

—–·—–

Une montagne de neige avait masqué la façade de la maison. Une couche de glace avait couvert les vitres. Le froid voyageait de part en part des murs. Laïla trouvait qu'il faisait froid chez elle.

Denis était descendu à la cave pour allumer la

fournaise. Les jumelles cherchaient la chaleur qui ne venait pas. Denis s'exaspéra. Il bourra la fournaise avec du bois et du papier puis craqua une allumette qu'il lança sur le tout. Laïla s'avança avec du bois. Son père lança du carburant au moment où elle mit la bûche. Un souffle sortit tout droit de la bouche de la fournaise.

– Aïe !

Laïla avait senti la puissance de la chaleur. Denis avait ricané en se moquant.

– Tu sais très bien qu'on ne s'approche pas du feu. Va voir ta mère.

Laïla avait grimpé les marches en courant et en pleurant. Elsa avait donné une débarbouillette à sa fille. Quelques petits poils fous avaient pris la place des sourcils, des cils et du toupet. Comme le loup avait été irresponsable !

——

– Où as-tu pris ça ?

Louisa avait une bague à son doigt. Laïla en avait une aussi mais ne la portait pas ce jour-là.

– C'est mon amie qui me l'a donnée.

– Quelle amie ?

– Sylvie.

– Tu lui rapporteras.

Louisa avait dit que la bague n'avait pas de valeur, que l'amie en avait plusieurs et qu'elle avait été contente de la lui offrir mais Denis n'avait pas écouté. Les bagues venaient de ces boîtes de *cracker jack*. Laïla n'avait rien vu de mal à accepter un objet de si peu de valeur !

– Je ne veux pas que vous acceptiez les choses des autres. Je veux que tu rapportes cette bague tout de suite. Comme ça, il n'y aura pas de chicane.

– Tout de suite ? demanda Louisa.

– Euh ! Demain matin de bonne heure, reprit son père.

Laïla avait rangé la bague au fond d'un tiroir. Louisa avait oublié.

– As-tu rapporté la bague comme je t'ai demandé ?

– J'ai oublié.

– Qu'est-ce que je t'avais dit de faire ? Hein ! Attends-tu que j'y aille avec toi ?

Louisa resta silencieuse. Laïla avait reconnu la peur dans les yeux de sa sœur. Même la peur était jumelle. Louisa pleurait. Denis hurlait.

Laïla attrapa un bout de mémoire qui tentait de s'enfuir avec le reste.

⸺

– Dépêchez-vous ! Pas de flâneries. Il faut que ça se fasse aujourd'hui. Grouillez-vous !

Denis avait débuté les travaux très tôt le matin en se faisant aider par ses filles. L'homme avait eu l'idée de faire une entrée pour le grenier. Les enfants avaient peine à voyager des boîtes remplies de plâtras et de laine isolante. Laïla était fatiguée et la laine piquait sa peau. Denis n'avait pas voulu qu'elle s'arrête. Les filles montaient et descendaient dans l'échelle. Elsa avait rappelé à son mari qu'il se faisait tard et que les petites avaient faim.

– Oui, oui. On y va, là.

Denis s'était impatienté. Il aurait voulu en faire plus.

– Dépêchez-vous si vous avez faim.

Denis ne mesurait pas la force à la taille. Si lui avait été capable, tout le monde l'était également.

– Laissez ça là. Lavez vos mains avant de manger.

Les filles avaient couru vers la salle de bain en se poussant. Elles riaient.

– Levez-vous ! C'est l'heure de vous préparer pour la messe.

Denis avait réveillé les enfants. Il avait préparé le déjeuner puis, reconduit sa famille à l'église. Il retourna à la maison soi-disant pour continuer les travaux.

Elsa avait pris place dans un banc avec ses six enfants. De moqueries en drôleries, de discordes en chamailleries, toutes ces distractions lui donnèrent grande envie de sortir bien avant la fin de la messe. Bref, elle en était venue à surmonter le tout avec beaucoup de patience.

Dès la sortie de l'église, un chaud soleil avait attendu Elsa. Denis, lui, n'y était pas. Les enfants n'avaient pas cessé de se morfondre en se plaignant. Elsa marcha avec sa marmaille jusqu'au presbytère. Elle téléphona à son mari. Elle avait laissé sonner. S'il se trouvait au grenier, il n'entendrait pas bien. Denis n'avait pas répondu. Elsa pensa qu'il était déjà en route. Elle décida de marcher au-devant de lui.

Denis s'était recouché après le départ des autres. La sonnerie du téléphone le fit sursauter mais il était déjà trop tard pour répondre. Il pensa à sa femme et aux enfants. Il se précipita à l'extérieur et monta dans sa voiture.

Un voisin passait quand il reconnut la femme qui marchait avec un bébé au creux des bras, un par la main et les autres qui suivaient ses pas. L'endroit était dangereux. Il n'y avait pas de trottoir et la circulation était rapide. Elsa vit la voiture s'immobiliser.

– Où allez-vous de cette façon ?

Elsa avait cherché à excuser son mari sans répondre à la question de l'homme.

– Euh ! Mon mari fait des travaux à la maison, il a dû oublier l'heure.

– Embarquez ! Je vais vous conduire.

Elsa pensa aux enfants et accepta sur-le-champ. Denis vit sa femme qui montait. Il fit demi-tour et suivit la voiture jusque chez-lui. L'homme avait trouvé des raisons mais pas d'excuses.

———

– La chienne est presque aveugle, avait dit Elsa à sa fille.

Laïla avait vu la peau qui recouvrait les yeux de

l'animal. Pourquoi n'y avait-elle pas porté plus attention ? Peut-être la chienne serait-elle encore là si…
Peut-être n'était-elle pas passée sous les roues de
l'autobus ? La chienne avait reniflé la peau de Laïla
pour la dernière fois. Pourquoi Laïla n'avait-elle pas
eu cet instinct animal elle aussi ? Elle aurait pu se
souvenir de l'odeur rassurante de la fourrure où elle
avait caché ses chagrins.

—•—

Les enfants dormaient dans le grenier. Au début
l'idée plut à Laïla. À présent qu'il n'y avait pas eu de
mur entre les lits de fer qui grinçaient, que la place
était un four en été et une glacière en hiver, Laïla était
certaine de ne plus aimer ça.

Les enfants passaient soit par la garde-robe des
parents, soit par une petite ouverture dans la corniche
qui ne leur permettait de passer qu'un seul à la fois et
qui était bloquée par le gel en hiver.

Grand-papa Audet aimait la visite. Il se tenait au bord de la porte pour accueillir son monde, avec sa femme qui sortait les supports.

– Débarrassez-vous, disait-il en passant les manteaux à sa femme.

Ça sentait le bon repas qui cuisait déjà. Ça sentait la cire à plancher et la boule à mites. Laïla soupçonnait sa grand-mère d'en cacher dans tous les coins de sa maison.

Il y avait des chaises partout. Rien que des chaises en bois avec des barreaux tournés. Il y avait celle qui basculait ; pour les petits, pour les vieux et pour les mères qui voulaient endormir leurs bébés. Il y avait les autres qui servaient à tout le monde. Du monde il y en avait partout aussi.

Grand-maman Audet avait mis les mains à la pâte depuis de longs mois déjà pour préparer des desserts. Grand-papa Audet s'était empressé d'aller chercher le gin. Chaque groupe attendait son tour pour passer à table. Grand-maman Audet faisait le service.

– Les enfants !

Les femmes servaient et les enfants mangeaient. Denis avait bien dit de ne rien laisser dans les assiettes et de ne pas flâner. Il avait repris en disant à Laïla et Louisa qu'elles devaient aider à la vaisselle après avoir terminé le repas.

– Les hommes !

Les femmes servaient et les hommes mangeaient. Venait en dernier, le tour des femmes et elles se servaient entre elles.

Grand-maman Audet refusa l'aide des filles.

– Allez jouer à la cave.

Laïla savait que l'ordre qui ne venait pas de son père, n'avait pas de valeur.

– Non, non. Assoyez-vous pour manger, la mère. Les filles sont capables de faire ça, voyons !

– Laisse-les jouer avec les autres, avait dit une tante. On est assez de femmes. On n'a pas besoin des enfants.

– Je leur ai dit de faire la vaisselle et elles vont la faire. Allez-y tout de suite !

Les enfants, qui avaient terminé leur repas depuis un bon moment, étaient descendus à la cave pour s'amuser. Denis, à présent dans un état plus favorable, discutait allègrement tout en savourant son repas. Elsa berçait le bébé. Grand-maman Audet avait mangé pour ranger vite. Les joueurs de carte avaient été pressés de commencer la partie.

Laïla s'approcha de son père.

Denis, qui de toute évidence n'avait pas apprécié ce dérangement, avait mis du temps à se rendre compte de la présence de sa fille.

– Qu'est-ce que tu veux ?

– Est-ce qu'on peut aller jouer ? avait chuchoté la petite, craignant une réplique de son père.

– Allez voir votre grand-mère pour être certaines qu'elle n'a plus besoin d'aide.

Elle avait dit non, mais Denis insistait.

– Les filles pourraient vous aider à remplir les plats de *peanuts* et de fromage. Allez aider votre grand-mère, là !

– Non, non, Denis. J'ai pas besoin, avait répondu patiemment sa mère.

– C'est bon, allez-y mais surtout que je ne vous entende pas vous exciter. Compris ?

Les chansons à répondre avaient plongé les invités dans une ivresse joyeuse.

Clac ! Clac ! Clac ! Clac ! Clac !
Tap ! Tap ! Tap !

Le bruit fracassant des cuillères, le tapage des talons martelant le plancher, les chansons à répondre emportant des voix discordantes ; tout faisait gigoter son monde au son du rigodon ! Des effluves alcoolisés s'entrelaçaient avec les parfums bon marché. Des parties de cartes avaient égosillé des joueurs qui ne se gênaient pas pour crier leur victoire. Des raconteurs d'histoires avaient monté le ton pour se faire entendre pendant que l'auditoire s'était plaint des enfants beaucoup trop bruyants à son goût.

Le plancher et les murs de ciment reluisaient d'un gris glacé. Même la cave sentait la boule à mites. Les jumelles avaient eu l'autorisation de leur père.

Tantôt sautant à la corde tantôt jouant à colin-maillard, c'est avec entrain que les enfants s'étaient adonnés à leurs jeux.

– Avez-vous fini ? Vous nous écorchez les oreilles, avait gueulé un homme visiblement irrité par les cris des jeunes.

L'homme s'amena en martelant les marches de l'escalier. Sans crier gare, il avait pris son garçon au collet pour le traîner devant les yeux effrayés des enfants qui voyaient ça. L'homme avait oublié les bons mots qu'il connaissait quand il s'adressait aux femmes. L'enfant n'avait rien fait de grave ! Il jouait comme les autres !

– Je t'avais averti d'arrêter de crier, hurla son père.

Laïla avait pensé que le garçon était son jumeau tellement il avait son visage. L'homme avait flanqué une taloche à son garçon en le forçant à se mettre à genoux dans un coin. Tiens ! Ton père aussi a un jumeau, fit remarquer la conscience de Laïla.

L'homme débitait des paroles méchantes à l'égard de l'enfant. Il était aussi fort que son père à elle. Laïla s'était demandé ce qu'aurait donné une rencontre entre les deux loups.

Le garçon n'avait pas pleuré. Il faisait pitié. Laïla lui prêta sa meilleure amie, la rêverie. Le garçon ne bougea pas. Elle observa l'homme qui montait l'escalier. Elle avait déjà pensé de lui qu'il avait une belle personnalité. Elle le trouva beaucoup moins beau en voyant le masque tomber.

Laïla avait eu mal pour le malheureux garçon. Elle avait eu aussi mal que lui, aussi fort que lui, tout comme lui. Elle avait eu très mal.

Grand-maman Audet n'aurait pas manqué la messe du Jour de l'An pour rien au monde. La vieille femme avait regardé son horloge à chaque coup de pendule. Surtout, pas question de passer outre l'heure sainte pour personne ; y compris ceux qui rebattaient les cartes en feignant d'être trop occupés. Quels que soient leurs âges, ces insoumis avaient été sermonnés par la reine du foyer qui avait imposé le devoir de la piété à tout son monde, sans exception.

Certains adultes avaient voulu rester bien au chaud prétextant la fatigue et d'autres avaient redouté d'affronter le dur hiver. Les buveurs les plus sages avaient aidé les plus impénitents à revêtir leurs gros paletots.

– Dépêchez-vous ! Je ne veux pas que nous soyons en retard, là.

Bien emmitouflés, les plus jeunes avaient été gagnés à l'avance par les pastilles à la menthe. D'autant plus que ces enfants s'étaient fait une joie de sortir dans la nuit à l'heure où habituellement ils étaient au lit.

Le croissant haut perché, simple petit quartier de lune, et lumières de fêtes s'étaient rencontrés sur la transparence du sol glacé. Les jeunes, gais lurons de nature, avaient expulsé de leur haleine chaude de joyeux cantiques de circonstance. Les trois générations s'en étaient allées en paix vers la maison de Dieu.

Dans cet endroit où prône la lumière divine, s'étaient réunis les pieux et les moins pieux. Une obligation morale avait conduit les conscients et les inconscients dans la servitude de leur âme. Des enfants s'étaient échangé des grimaces sous les regards des inconnus qui les avaient qualifiés d'effrontés. Ceux qui avaient secoué leurs bottes avaient dérangé. Un gros monsieur avait accroché le prie-Dieu en s'y agenouillant. Des curieux s'étaient préoccupé des retardataires qui évidemment s'étaient fait remarquer.

Le seigneur des lieux avait ouvert d'emblée la cérémonie malgré tout ce va-et-vient. Une femme, qui avait pris place à l'avant, avait attiré les regards pour avoir chanté d'une voix un peu trop aiguë. Un homme avait paru ennuyé quand sa dame, au large chapeau, avait porté un léger coup de coude à ses côtes. Il s'empressa de chercher de la monnaie à déposer dans le panier qu'un homme présenta sous ses yeux.

Denis avait surveillé ses enfants. Les toussotements, reniflements, ronflements, bavardages et tout le reste dérangea Laïla. Pourquoi les adultes avaient-ils le droit de faire ce que les enfants ne pouvaient pas ?

Grand-maman Audet tenait à saluer le curé avant de quitter l'église. Le saint homme avait souhaité à la vieille le paradis à la fin de ses jours. Laïla était certaine que sa grand-mère n'avait pas besoin de ça pour s'y rendre.

Des gens s'étaient attardés en chemin pour se souhaiter la bonne année. Certains étaient de vagues cousins, tandis que d'autres étaient des voisins bien appréciés.

Sitôt rentrées, les femmes avaient enlevé leurs chaudes parures d'hiver qu'elles avaient laissées sur le lit. De jeunes gaillards avaient voulu se réfugier à la salle de bain pour éviter les poignées de main. Qu'est-ce que les enfants avaient à voir avec les souhaits des grands ? La santé : c'est bien ; l'amour : pas vu souvent ; l'argent : c'était pour les parents ; le succès : jamais vu, avait pensé Laïla.

— Assurez-vous de n'oublier personne, avait rappelé Denis à ses enfants.

Grand-papa Audet avait ressorti la bouteille de

gin. Les enfants s'étaient assis à tout hasard à même le plancher pour recevoir enfin leurs cadeaux. Laïla avait toujours reçu plus petit que Louisa, mais elle n'avait jamais montré la moindre déception.

Les enfants voulaient dormir, mais les adultes prenaient la place. Les premiers arrivés sur le lit s'enroulèrent dans les manteaux de fourrure. Les autres avaient dormi soit sur les couchettes de carton soit sur les fauteuils du salon. En dépit de l'heure avancée, la fête continuait d'aller bon train pour les adultes.

Laïla ne trouvait pas le sommeil à travers le vacarme et en fouillis parmi les autres. La petite avait été secouée par les voix fortes quand elle fut juste sur le point de s'endormir. Quelqu'un avait crié parce qu'il venait de remporter la partie de carte. Laïla voyait sa grand-mère qui passait le plateau de fromages, servait les buveurs, remplissait les plats de cacahouètes et rangeait le désordre. L'abeille qui travaillait si fort n'avait jamais piqué l'enfant.

Enfin, la vieille femme avait pu aller se mettre au lit, pour une courte nuit, après avoir mis de la crème sur son visage.

Laïla crut s'être levée tôt. Grand-maman Audet était habillée. Elle avait fait le déjeuner et la maison était propre. Elle avait pris soin de découper le pain rôti en fines langues-de-chat, avait graissé le pain et avait fait du chocolat chaud. Elle prépara le déjeuner des grands pendant que les petits mangeaient. Elle fit le café, cuit le bacon et attendit pour les œufs que tout le monde soit là.

Pendant ce temps, les adultes avaient flâné dans les lits réchauffés par les enfants. La reine avait décidé que les abeilles qui ne seraient pas debout très vite, passeraient sous la table.

—————

Laïla avait vu sa culotte tachée de sang. Oh, non ! Qu'est-ce que c'est ? Je vais peut-être mourir, pensa la boulotte. Pourquoi était-ce arrivé alors qu'elle était en visite chez Mamie ? Que faire ?

Elle alla trouver sa grand-mère.

— Est-ce que c'est normal de saigner ?

— Pourquoi me demandes-tu ça ?

— Euh ! C'est juste… pour savoir, lança Laïla.

Mamie bascula la plaque avec son pied. La machine à coudre brisa le silence et éteignit le malaise de la vieille femme. L'enfant avait besoin de savoir.

– Mamie ! Ce n'est pas normal d'avoir euh !… Du sang… euh !… Pourquoi j'ai du sang… euh !... Sur ma petite culotte ? Est-ce que je vais mourir ?

Mamie réfléchit. Elle cherchait les mots pour le dire, mais les mots ne venaient pas. Elle attendit que l'enfant se décourage. Laïla attendait sa réponse. La vieille avait bien vu qu'elle devait lui en parler.

– Probablement que tu es indisposée.

– Indisposée ? Qu'est-ce que ça veut dire ? avait demandé innocemment la jeune fille.

– Candide ! s'était écriée Mamie se voyant coincée.

– Ta mère ne t'a parlé de rien ? avait demandé sa tante d'un air soucieux.

– Parler de quoi ? avait aussitôt relancé Laïla.

Candide avait invité bêtement sa nièce à la suivre à la salle de bain. La grassouillette avait fait la moue en se gardant bien de faire une critique. Sitôt les explications données, la jeune femme avait quitté les lieux en laissant la petite s'arranger comme une grande.

Laïla avait été dérangée au beau milieu de la nuit par de violentes crampes au ventre. Elle ne reconnut pas la douleur. Elsa était une femme discrète ; trop même. Un jour que Laïla se tenait trop près, sa mère lui avait dit de s'éloigner parce qu'elle changeait la couche de Rémi. Pourquoi aurait-elle dit à sa fille qu'un jour elle saignerait, que tout serait normal, qu'elle aurait mal au ventre et qu'elle n'avait pas à s'en faire ? Elle n'avait pas voulu lui faire peur ! Elle n'avait pas voulu qu'elle ait mal avant d'avoir mal ! Et maintenant que faire ? Rien d'autre que d'endurer.

À qui dire qu'elle venait de tacher les draps ? Mamie ronflait. Grand-papa Bazile, il n'en est pas question. Candide ? Jamais de la vie ! Ses beaux draps neufs en plus !

Elsa travaillait comme serveuse dans un bar laitier. Son travail l'obligeait à rester tard dans la soirée. Le dernier client à s'être attardé était un voisin. La femme avait été sur le point de fermer quand celui-ci lui avait offert de la raccompagner chez-elle. Habituellement, Elsa appelait son mari pour lui signaler qu'elle était fin prête et qu'il pouvait venir la chercher. Contrairement aux autres jours, elle avait saisi l'offre que l'homme venait de lui faire pour éviter un déplacement inutile à son mari qui devrait laisser les enfants seuls.

Denis avait imposé aux jeunes de s'asseoir sagement au salon. L'homme qui commençait à avoir un coup dans le nez, avait demandé vulgairement à Laïla de lui rendre service.

– Va me chercher une bière.

Bien que cela lui ait déplu, la petite lui avait obéi sans hésiter.

Dérangé par le fait que sa femme n'ait pas encore appelé, Denis avait pris sur lui de la joindre. Après plusieurs appels, celui-ci loin de s'inquiéter avait commencé à s'énerver.

– Voyons ! Qu'est-ce qu'elle fait votre mère, donc !

Denis avait donné l'impression de se parler à lui-même.

Il était assis dans son fauteuil et il regardait la télévision. Il était incapable de se concentrer. Il se levait, regardait dehors, retournait à son fauteuil et se relevait. Il répétait ses gestes à chacune des fois où il avait cru entendre un bruit. Denis avait fini par s'exaspérer devant les enfants trop bruyants, ce qui expliquait à présent leur silence. Seule la voix du commentateur sportif à la télévision brisait ce silence. Les filles ne bougeaient pas. C'est ce que Denis avait dit à ses enfants. Laïla trouvait le temps long. Vu de près, il était beaucoup plus facile pour leur père de les surveiller, sans avoir à se lever pour chicaner !

– Taisez-vous. Sinon vous irez immédiatement au lit.

Celles qui avaient peur, avaient aussi le goût de s'amuser mais Denis n'avait pas voulu. Elles le dérangeraient et il ne pourrait pas écouter son hockey.

– Ataboy ! s'écria Denis pour le but compté.

L'homme eut un regain momentané de gaieté. Oubliant tous soucis, il avait regardé naïvement sa bouteille vide.

– Laïla, apporte-moi donc une autre bière.

Denis, enclin à l'impatience, était plus qu'à bout de nerfs. Elsa n'était pas là. Il ouvrit la porte, espérant la voir arriver. Il marmonna et regarda avec malveillance les enfants inquiets. Les petites se tenaient adossées au sofa, les jambes allongées et les pieds dans le vide. Laïla eut un mauvais pressentiment. Elle chercha à fuir sa maudite mémoire.

– Est-ce que je peux aller me coucher ?

– Non, cria brusquement son père. Tu iras quand je te le dirai.

Laïla aperçut les yeux rougis et vitreux de son père. Ceux-ci ressemblaient étrangement à ceux du loup. Son regard changea aussi. Il passa de perçant à foudroyant. Laïla vit que c'était bien le loup. Il cherchait une proie. Elle eut envie de dire « pas moi », mais qui d'autre voudrait-elle sacrifier ? Il lui faisait peur.

Elle choisit de se tenir à l'écart. Elle prit la couleur du mur même si elle ne l'aimait pas. Son corps avait juste la bonne forme pour faire le coin.

Laïla souhaita que le loup s'enfuie loin dans la forêt avant que sa mère n'arrive.

– Restez là. Ne bougez pas. Compris !

Denis entendit le bruit d'un moteur. Il se leva d'un bond, ouvrit la porte et sortit. Les fillettes se retournèrent et observèrent par la fenêtre, les yeux fixes. Le temps s'arrêta.

Une silhouette avançait dans l'obscurité. Denis avait rejoint celle qui arrivait. Ils se disputaient. Il accrocha la silhouette et la fit avancer malgré elle. Ils arrivèrent à la hauteur de la galerie. Denis voulut qu'Elsa rentre mais elle disait de la lâcher. Elle se débattait, tentait de s'en libérer mais il était plus fort qu'elle. Personne n'était venu à la rescousse de la femme qui le subissait.

Les enfants sanglotaient. Denis malmenait sa femme. Il la bousculait, la frappait violemment de tous les côtés de son corps, criait à tue-tête, la brutalisait et la poussait. Elsa encaissa dans un cri de douleur.

– Ah ! Lâche-moi !

L'homme ne s'était guère soucié de la présence des enfants. Laïla avait peur pour sa mère. Elle aurait préféré que celle-ci ne revienne jamais.

– Arrête ! Tu me fais mal, lança Elsa au moment de grimper l'escalier.

Elle tenta de ramasser le sac à main qui était parti à la volée. Son mari l'en empêcha.

– Laisse ça là ! hurla celui-ci.

Denis la traîna par un bras puis la poussa sur le lit. Il laissa la porte entrouverte. Il était fou de rage.

Les filles assistèrent au déroulement, et malgré leur peur, elle restèrent clouées sur place à regarder. Laïla cherchait la rêverie. L'enfant était trop effrayée pour se concentrer. Denis continuait de plus belle et avec encore plus de méchanceté.

– Regardez ce que je fais à votre mère, disait l'homme en la frappant de sa ceinture.

– Arrête ! Arrête, papa ! cria Laïla tremblante de peur.

Elsa cacha son visage. Les coups atteignirent le dos, les bras et les jambes. Denis poursuivit ses injures. Il traitait sa femme de tous les noms.

Denis hurlait. Elsa pleurait. Pas une seule seconde, il pensa à s'arrêter. Pas une seule minute il pensa à la gravité de ses actes.

Laïla se demanda de quelle façon elle pourrait se montrer de taille avec son père. L'enfant sentit le mal de sa mère la pénétrer à chaque coup porté par la ceinture. Le loup avait encore plus de force. Sa grosse patte plus la ceinture ! Laïla ressentit les blessures de sa mère à nouveau.

Denis tournait le dos à Laïla, mais elle voyait tout. C'était le moment de lui sauter dessus ! Elle aurait un avantage puisqu'il ne la verrait pas venir ! Peut-être la rêverie pourrait l'aider ! Peut-être que le poids de son corps ferait rouler le loup par terre et que le loup deviendrait une fourmi ! Là, elle n'aurait qu'à mettre son pied dessus et l'écraser en faisant de petits cercles pour faire certaine qu'il ne reste même pas une petite tache au plancher ! Attention, lui dit sa conscience, le loup a peut-être des yeux dans son dos.

Laïla se sauva sans prendre le temps de vérifier. Elle se jeta sur son lit et attendit la rêverie. Elle la vit qui l'invita à la suivre. Le soleil était chaud, la mer était calme et elles étaient seules sur cette île. L'oiseau avait de grandes ailes. L'homme au double visage apparut. La chaleur fit fondre le plus laid des deux. L'homme s'enfonça dans un sable mouvant. Sans lever la main pour appeler à l'aide. Laïla n'avait pas peur. L'oiseau avait de gros os. Il survolait l'île, attendant le bon moment pour se poser. Laïla vit la naufragée étendue sur la plage. L'oiseau prit la femme et l'enveloppa de son aile.

Laïla avait tellement pleuré son bonheur volé qu'elle oublia son soir de chatouille. À tour de rôle, les jumelles avaient coutume de dessiner des cercles dans leur dos. Elles s'endormaient plus facilement ainsi mais ce soir-là, elles oublièrent.

—————

Julia terminait la classe avant les jumelles. C'est elle qui réservait le rang avant de monter à bord de l'autobus scolaire.

— Je ne la vois pas, dit Laïla à sa jumelle.

Louisa s'inquiéta. Julia, n'était pas là où elle aurait dû être.

Les jumelles partirent à sa recherche, prenant des directions opposées. Laïla revint bredouille.

— J'ai regardé partout. Elle n'est pas nulle part.

— C'est impossible ! Elle était là ce matin, répliqua l'autre.

La religieuse avait vu les filles se disperser.

— Allez-vous mettre en rang ! Sinon vous manquerez l'autobus. Vous savez que le chauffeur n'attendra pas, lui !

— Nous ne pouvons pas partir sans notre petite sœur, lança Laïla.

— Votre mère ne vous l'a pas dit ? s'étonna la

religieuse. Votre père est venu la chercher. Il a dit qu'il la ramènerait lui-même à la maison.

Le trajet parut plus long que de coutume tant Laïla eut hâte d'arriver. Le chemin de gravier lui rappela que la maison était proche. Il y avait un tel vacarme dans cet autobus que Laïla ne pouvait pas réfléchir. Elle eut envie de sortir par la fenêtre. En y pensant bien, ça n'était pas normal que son père vienne chercher Julia à l'école. La religieuse n'avait pas dit que l'enfant avait été malade.

À la maison, les entrées et les sorties se faisaient toujours par la porte de côté sauf pour les occasions spéciales où toute la famille empruntait la porte de devant comme quand ils avaient fait une grande sortie soit pour aller à la messe ou chez la parenté.

Laïla avait été sur le point de déposer son sac d'école et sa boîte à lunch dans l'entrée quand elle remarqua quelque chose d'inhabituel. La porte de la cuisine était restée entrouverte. Ce qui surprit Laïla parce que sa mère prenait soin de la fermer quand les enfants oubliaient. Fermez la porte, disait-elle. On chauffe pas le dehors !

Laïla entra. Louisa suivit de près. Il n'y avait personne.

– Ah ! Qu'est-ce qui s'est passé ici ? avait dit Laïla, stupéfaite.

Les planchers et les murs étaient recouverts de suie. Il n'y avait plus de meubles. Tout était vide et sali. Laïla ne ressentit pas la peine qu'elle aurait dû. Elle ne savait plus ce qu'elle devait faire. Dix petites années, ce n'était pas suffisant pour prendre une décision mais ! Elle n'avait aucun souvenir d'avoir été jeune et maintenant plus que jamais.

Laïla ouvrit la porte de la garde-robe où elle se rappelait avoir rangé une poupée. C'était la seule qu'elle avait pu conserver. Elle n'y était pas. Pas de vêtements non plus. Rien. De son médaillon laissé la veille par mégarde sur le comptoir de cuisine, il n'était resté qu'une toute petite trace.

Louisa proposa d'aller chez les voisins. Laïla suivit.

La maison était aussi âgée que les vieux qui l'habitaient. On aurait dit que la galerie tenait par miracle. Louisa frappa à la porte. Une femme tira le rideau et sourit ; elle semblait les attendre. Elle passa la main sur sa tête pour replacer ses cheveux comme si ça avait été de la visite qui arrivait. Elle portait un tablier brodé sur une robe simple. Un homme traîne-savates arriva. Laïla pensa qu'il avait dû beaucoup travailler dans sa vie parce qu'il avait le dos courbé. Il remit un bout de papier à Louisa.

– Votre mère a dit d'appeler tout de suite à ce numéro-là !

Il sembla heureux d'avoir rendu le service.

Le vieil homme mal fagoté était allé se rasseoir avec peine dans son fauteuil usé. Laïla attendait sur le pas de la porte. Elle refusa d'aller plus loin malgré l'insistance des bonnes gens qui auraient bien aimé qu'elle prenne place sur la chaise qu'ils avaient avancée. L'enfant était intimidée. Louisa suivit la vieille femme qui avançait à petits pas. La fillette décrocha le téléphone accroché au mur. Elle composa le numéro inscrit sur le papier et attendit. Il y avait de la farine partout sur la table. La vieille dame avait repris son travail.

– Maman ! avait prononcé Louisa, visiblement heureuse d'entendre enfin la voix de sa mère.

Bien que l'enfant soit très inquiète, la femme avait été avare de commentaires.

Elsa avisa qu'un taxi viendrait les prendre sous peu pour les conduire chez Mamie. C'est tout ce qu'elle avait dit.

Ils avaient été sept de plus à s'entasser dans l'appartement des grands-parents. Dans ce lieu où la vieillesse avait pris racine, il n'y avait de place que pour Mamie, grand-papa Bazile et leur fille qui tardait à partir. Il n'y avait rien d'intéressant à faire, ni jouets, ni cour extérieure. Les enfants avaient passé le temps, soit à regarder la télé, soit à se chamailler, soit à s'inventer des jeux. Ah ! Pour ça Laïla était bonne ! Elle entendait son père qui avait répété souvent les mêmes paroles : « Sors de la lune, que je te dis ! »

Mais le loup n'y était plus. L'enfant se rappela une comptine de son enfance.

Promenons-nous dans le bois tandis que le loup n'y est pas ! Si le loup était, il nous mangerait !

Les jeunes, qui n'étaient jamais prêts à se coucher le moment venu, avaient revendiqué à toute heure le temps de se mettre au lit. Les jumelles avaient dormi sur deux chaises de cuisine raboutées l'une face à l'autre. Trois jeunes avaient été entassés sur le sofa du salon.

Laïla avait mal dormi. Elle ouvrit les yeux en entendant bouger dans la salle de bain. Elsa entra dans la cuisine. Ses yeux étaient cernés, son teint laiteux et son air abattu. Laïla n'eut plus mal pour sa mère. L'enfant savait que demain la plaie serait belle.

Laïla épia les adultes qui parlaient entre eux. Sa mère sanglotait.

– Je ne retournerai plus vivre avec lui. C'est fini ! J'ai eu tellement peur. Je ne veux plus vivre ça !

Elsa rappela les événements.

Elle avait couché dans le même lit que celui qui l'avait sali. Elle avait gardé les yeux ouverts, tirant sur les heures qui n'avançaient pas assez vite. Elle voulait que le soleil apparaisse tôt ce matin-là mais le soleil était en retard. Elle s'était levée dès qu'elle avait entendu son mari sortir de la maison. Heureusement pour elle, il n'avait pas flâné. Elle l'avait entendu qui s'habillait, sans même se laver, ni prendre son déjeuner. Elsa avait vu le mur changé de couleur quand la lumière l'avait éclairci. Elle avait eu du mal à se mettre debout. Son dos se plaignait, ses bras avaient mal et ses jambes refusaient de porter le corps lourd. Les heures qu'elle avait attendues si impatiemment la pressèrent de lever les enfants. Elsa avait préparé le lunch sans savoir où elle serait à l'heure du dîner.

Elle regardait les enfants partir pour l'école. Serait-elle encore là au retour ? La femme remerciait les enfants de leur silence. Elle enviait l'insouciance qu'elle croyait voir dans leur jeu.

Elle avait regardé sa maison et les enfants trop jeunes pour aller à l'école. Aujourd'hui serait la dernière journée que...

Grand-papa Bazile fut choqué d'apprendre ce qui s'était passé. Il venait de le dire. Laïla savait que malgré le fait que son grand-père soit abattu, il était inutile à la survie de sa fille. Il n'était pas un loup et il n'avait pas les qualités d'un loup. Il ne faisait même pas peur à une mouche.

Elsa raconta à Candide sa conversation téléphonique avec le grand-père. Elle lui avait dit qu'elle voulait quitter son mari. Il m'a battue, avait-elle ajouté, sans toutefois rentrer dans les détails.

– Dépêche-toi de prendre un taxi avec les enfants. Nous irons voir un avocat, avait répondu le vieil homme.

– Je ne veux pas revenir ici après, lui avait répondu Elsa dans un sanglot.

– Vous resterez tous à la maison en attendant de voir ce qui va se passer.

Grand-papa Bazile n'avait pas perdu de temps. Il avait déjà appelé un avocat quand sa fille était arrivée les bras chargés.

L'avocat avait dit d'aller voir un médecin.

Le médecin prit note des ecchymoses sur les différentes parties du corps.

– Votre mari est fou, avait-il dit. Il ne faut pas rester avec lui !

Elsa retourna voir l'avocat. Elle lui remit le rapport du médecin. L'avocat avait dit qu'il essaierait de faire quelque chose avec ça.

Denis n'avait pas été présent à la cour. Son avocat avait cherché à rendre Elsa responsable et coupable. Elle avait désobéi. Il ne l'avait pas mise à la rue ! C'était elle qui avait déserté le foyer, avait-il dit. Le juge fixa le montant de la pension alimentaire. Il avait ordonné à l'avocat du plaignant de transmettre le message à son client.

La femme n'avait pas le droit de parler. C'était

l'homme qui faisait les lois et il appliquait ses lois. Les mots avaient plusieurs couleurs. Les femmes les plus braves luttaient parfois seules, parfois avec leurs enfants, mais seules quand même.

Denis refusa de payer la pension alimentaire. Elsa adressa une requête au juge. Le juge donna raison à Elsa. Denis quitta son travail par lui-même et Elsa ne vit pas la couleur de l'aide. Le courtier annonça que la compagnie ne voulait pas payer pour la prime d'assurance. Il y avait de l'eau dans le gaz et Denis fut soupçonné. La famille de Laïla vivait de l'assistance sociale. Elsa implora son mari de l'aider.

– Va travailler si tu veux de l'argent ! Place les enfants ! Tu seras débarrassée ! Tu n'auras plus de troubles. Le gouvernement va s'en charger lui !

Six bouches à nourrir !

Laïla s'était demandé comment la chatte allait faire avec juste un cœur et deux mains.

Faire garder six enfants ! Ça prend-tu quelqu'un de pas raisonnable pour dire une chose pareille ! pensa la juge.

Elsa avait cherché le logement idéal ; pas trop cher, pas trop loin de l'école et assez grand pour sept personnes. Qui voulait l'empreinte des quatorze pieds sur leur plafond ? Qui voulait que sa cour se transforme en cour d'école ? Qui voulait voir les rires envahir leur plancher ? Des enfants, ça brise tout, avait entendu dire Laïla. Il s'en disait des choses sur six enfants en bas âge. La plus jeune avait à peine deux ans et les plus vieilles dix ans. Laïla n'avait jamais entendu sa mère menacer son troupeau de gazelles.

Elsa n'avait pas toujours l'argent nécessaire. Laïla l'avait vu qui se creusait la tête devant sa feuille. La main voulait faire le calcul, mais le crayon ne savait pas comment s'y prendre.

Il y avait tellement de dépenses : l'épicerie, l'école, les vêtements et encore plus. Le dentiste, ça on pouvait l'oublier et c'était tant mieux, pensa l'enfant qui n'aimait pas l'homme et encore moins ses instruments. Pourquoi faire dépenser de l'argent inutilement à sa mère ? Pourquoi aller voir l'homme qui enlèverait son mal de dent par un mal de dent ? Des lunettes ? Pas besoin, se dit Laïla. Plus elle se rapprochait et mieux elle voyait.

– Pas si proche de la télévision, disait Elsa en voyant ses enfants le nez collé sur la vitre.

Laïla se plaisait dans son nouveau décor. Le soleil était chaud, le jardin garni, les moineaux riaient et la chatte ronronnait. Il n'y avait pas de forêt et pas de loup. Elsa avait récupéré ce qui avait été possible après l'incendie. Laïla avait trouvé qu'il n'y avait rien de beau là-dedans mais tout avait été nettoyé et rien n'avait menacé de retourner dans la maison du loup.

Laïla n'avait pas vu son père depuis un bon moment. Peut-être six mois ? Ou un an ? Elle n'avait pas de mémoire. Des ailes avaient poussé sur tout son corps.

Elle ne parlait pas la même langue que son père non plus ! L'homme avait tiré la langue quand son visage était devenu rouge. La langue aussi était rouge. Laïla n'avait pas connu la couleur de la sienne. Son père avait trop souvent défendu qu'elle regarde. C'est en désobéissant qu'elle avait goûté le sel sur sa langue.

Laïla était timide, mais un jour sa langue aurait sa propre couleur.

Les enfants portaient des vêtements usagés. Elsa allait parfois soit au comptoir familial soit dans les magasins bon marché. Laïla avait porté à son corps défendant la vilaine robe que sa mère avait payée dix sous. L'enfant avait vite engraissé et la robe ne lui allait plus.

L'hiver était arrivé en rafale. Le froid avait frappé de plein fouet et par à-coups le visage de Laïla. L'enfant avait emprunté le chemin de travers, menant à l'école. Son manteau de fourrure synthétique avait épousé la forme de son corps, étirant largement les boutonnières.

Des jeunes filles avaient dressé la liste des objets souhaités pour Noël. Certaines, enclines à la vantardise, avaient décrit la grosseur des cadeaux se trouvant déjà sous leur sapin. Laïla n'avait rien commandé à sa mère. Elle avait vu parfois sa mère portée à la tristesse devant le manque de moyens. Quand ça n'avait pas été le propriétaire qui était arrivé mal à propos pour réclamer son dû, c'était les filles qui avaient débuté l'année scolaire sans livres ni crayons.

– Madame Audet ! Joyeux Noël !

L'agent de police avait fière allure. Il portait une petite boîte dans les bras. Elsa eut la mine réjouie. Ses yeux s'agrandirent. Elle avait l'air de savoir de quoi il s'agissait. L'homme déposa son paquet sur la table et repartit. Laïla remarqua la hâte que sa mère avait d'ouvrir la boîte au plus vite. La femme fouilla le contenu avec ses six chatons autour d'elle. Elsa en sortit un petit poulet. Les chatons ne mangent pas d'os, avait pensé Laïla.

Toc ! toc ! toc !

Julia se précipita comme si elle attendait la venue du Père Noël. Laïla n'y croyait plus. Cet homme avait les joues rouges comme celles de son père lors des mauvais jours. De plus, il n'apportait pas ce qu'elle voulait.

– Joyeux Noël !

L'homme considéra la famille avant de reprendre.

– Joyeux Noël, tout le monde !

Elsa accourut pour ramasser la boîte. Elle n'avait pas voulu que les enfants la voient. Elle mit la boîte sur son lit et referma la porte.

– C'est quoi ? C'est quoi ça ?

– Vous verrez plus tard.

Elsa avait préparé au mieux son premier réveillon, seule avec ses enfants. Elle servit un buffet froid avec des sandwichs au poulet tout comme Laïla les aimait. Le sapin avait paru bien pauvre avec sa maigre parure. Il n'y avait pas de cadeau sous l'arbre. Chaque enfant avait reçu l'unique cadeau qui avait été destiné à son intention par l'organisme de charité. Ni papier, ni ruban n'avaient rendu le cadeau plus affriolant. Pour son dixième Noël, Laïla avait étendu bien tristement son petit tapis brun, imitation de peau d'ours, tête en sus.

Comme chaque année, Elsa et ses enfants avaient été invités chez les grands-parents Bazile pour le souper de Noël. Le tout s'était déroulé dans la plus pure tradition : les cadeaux, les bonbonnières, le souper à l'ail, la télé, sans oublier l'ivresse pleine de tendresse de Mamie qui, devant son évier, s'était attaquée seule à la charge de la vaisselle. Laïla avait toujours aimé la finesse de cette ambiance.

Denis n'avait pas donné de nouvelles depuis un bon bout de temps. Chaque fois qu'il avait conversé au téléphone avec sa femme, soit il avait dit des bêtises, soit il avait fait des menaces.

Les enfants dormaient. Elsa se reposait dans sa chambre en lisant un roman. La lampe de chevet jeta sa faible lueur vers l'extérieur.

Bang ! Bang ! Bang !

Les coups réveillèrent Laïla. Elle se leva puis se rapprocha des autres. Si elle était la plus vieille pourquoi n'avait-elle pas ouvert grand ses ailes pour les protéger ? Elsa s'inquiéta du bruit qui alerterait sûrement les voisins. Elle était partagée entre l'idée d'appeler la police et celle d'ouvrir la porte. Denis avait un ton plaintif. Il gémissait. Il suppliait. Il implorait.

– Laisse-moi entrer.

– Qu'est-ce que tu veux ?

– Je veux juste voir les enfants, répondit-il.

– Il est trop tard, signifia sa femme. Tu reviendras demain. Les enfants sont couchés.

Denis se remit à frapper.

Bang ! Bang ! Bang !

– Ouvre-moi, mendia l'homme. Je ne veux pas vous faire de mal.

Laïla entendait les jérémiades de son père. La pitié poussa sa mémoire. Comment les morsures du loup avait-elle pu disparaître aussi vite ? La pitié était grande. La pitié était forte parce qu'elle venait du loup. Et le loup était proche ! Et le loup était rusé. Elsa réfléchissait près de la porte. Denis sanglotait le front contre la porte. Laïla avait vu les sanglots passés sous la porte. Si l'enfant pouvait voir les larmes du loup, pourquoi le loup ne voyait-il pas les larmes de l'enfant ? pensa Laïla. Elsa se décida. Elle ouvrit la porte.

Laïla vit son père dans le corps du mendiant.

– Tu empestes l'alcool, lança sa mère. Tu vois les enfants là !

Les enfants se tenaient sous l'aile de Laïla. Ils voulaient voir leur père ; de loin seulement.

– Tu ferais mieux de partir, signifia Elsa à son mari qui restait collé au mur.

– Tu prépareras les enfants. Je viendrai les chercher demain, dit l'homme au corps mou.

– Les enfants resteront ici demain. Tu ne les emmèneras pas avec toi.

– Je les emmènerai si je veux ! Compris, là ?

Denis parlait sans égards à sa femme, d'une voix alourdie. Laïla était fière de sa mère qui les avait pris sous son aile. La pitié hésitait. L'enfant avait peur du loup mais son père sans le corps du loup, n'en était pas un ! Laïla vivait sous l'aile de sa mère et son père n'y avait plus droit.

– Tu n'auras pas les enfants. Je vais appeler mon avocat, répliqua Elsa.

– Tu peux l'appeler, ton avocat. Je m'en fous ! C'est pas lui qui va décider, conclut Denis en sortant.

L'homme avait appuyé sa main au contour de la porte pour s'empêcher de vaciller en descendant les marches. Il continuait de marmonner sans se retourner. Elsa verrouilla la porte.

– Allez vous coucher. Tout est fini, là.

Laïla n'était plus la fontaine qu'elle avait été quand elle déversait ses larmes à la grandeur de son oreiller. Elle était bien où elle vivait. Elle n'avait pas tout ce que les autres enfants de son âge avaient, mais elle avait des ailes.

Grand-maman Audet avait téléphoné à Elsa. Elle insistait pour voir les enfants. Laïla savait que sa mère parlait avec sa grand-mère. Ça l'avait rassuré d'entendre dire que son père n'était pas assez responsable pour emmener les enfants. Par contre, elle eut du chagrin en pensant à ses grands-parents, à ses cousins, ses cousines, au reste de la famille et au plaisir qu'elle y retrouvait chaque année.

La maîtresse s'adressait aux filles de la classe qui racontaient leur Noël.

– Pis ! As-tu eu de beaux cadeaux aussi ?

Les filles énumérèrent différents objets que Laïla n'avait pas. L'enfant avait eu peur qu'on le lui demande sans qu'elle ne veuille répondre.

Elsa sortait avec un homme marié. Laïla pensa que deux femmes, c'était trop pour un homme.

– Mamie ! Maman n'est pas rentrée. Est-ce que tu sais où elle est ?

Laïla savait bien que si sa mère n'était pas à la maison, elle ne serait pas non plus chez Mamie ! La poule avait picoré dans le cœur de sa mère. Plus tard, Mamie avait rappelé sa fille pour s'offrir à venir garder les enfants quand l'envie lui reprendrait de rentrer aux petites heures du matin.

La période de l'adolescence avait été difficile à vivre pour Elsa. Les jumelles avaient des ailes. Laïla avait beaucoup voyagé avec les siennes. L'enfant avait oublié comment la chatte avait pris soin d'elle au temps où elle avait eu froid.

Laïla n'aimait pas que sa mère se promène avec son coq. L'homme avait une maison, une femme et des enfants. Laïla était la petite fille qui protégeait la chatte contre celui qui n'avait pas la bonne clef.

Laïla portait fièrement sa première paire de pantalon neuf. Des pantalons patte d'éléphant ! Bleu ciel à part ça ! C'était sa couleur préférée ; celle de Mamie, aussi. Elsa avait rappelé à ses filles qu'elle n'aurait pas pu leur acheter sans l'aide de son ami.

Tiens ! On dirait que le coq chante, ironisa la conscience de Laïla.

───

– Bon, bon, bon. On dirait que votre père est devenu riche tout d'un coup, s'exclama Elsa en voyant son mari qui arrivait.

Denis venait tout juste de ranger la voiture de l'autre côté de la rue. C'était un modèle sport, décapotable et de couleur rouge clair. Il apportait ce qu'il voulait mais il n'apportait jamais ce que Elsa demandait. Il fallait que ça vienne de lui.

– Les enfants ont besoin de chaussures neuves.

– Tu n'as qu'à faire réparer les autres chez le cordonnier ! J'en ai porté moi, des chaussures usées ! Je ne suis pas mort pour ça ! Montre-moi donc ça que je voie !

Elsa partit chercher les chaussures. Elle revint pour lui montrer. Denis les tourna de tous les côtés.

– Combien as-tu besoin ?

– Euh ! bien... je ne sais pas... peut-être…

Denis s'impatienta.

– Bon, ben. Dis aux filles de faire le tour des magasins, là, pis quand elles auront trouvé des chaussures pas trop chères, elles m'appelleront pis j'irai les chercher moi-même.

Il tourna les talons dans un élan sec et partit sans saluer.

Denis stationna sa voiture de manière à voir les enfants sortir de l'école. Julia accourut en souriant. Louisa arriva derrière. Laïla les aperçut et se rapprocha d'eux. Denis avait voulu qu'elles demandent à leur mère pour aller chez lui. Il avait des cadeaux à donner.

L'immeuble était haut et grand. La chambre de Denis était petite. Les enfants s'étaient bourrés de chips, de chocolat, avaient bu de la liqueur et reçu des cadeaux. Denis avait présenté ses enfants à tous les curieux qui avaient glissé le nez dans la porte de sa chambre. Laïla s'étonna devant autant de générosité. Son père avait dit qu'il ne buvait plus.

L'enfant flatta la fourrure du loup avec le bout de ses doigts. Elle n'avait pas vu le filet que le loup avait lancé sur sa tête. Laïla avait répondu à toutes les questions que son père avait posé sans voir le piège dans lequel elle venait de mettre son pied. Elle avait parlé de l'ami de sa mère, des longues veillées sans surveillance et parfois même des nuits entières.

– Je vais t'amener en justice. Tu vas voir ! Tu n'auras plus la garde des enfants.

Laïla n'avait pas aimé la couleur de sa langue quand elle vit la peine dans les yeux de sa mère.

———

Grand-maman Audet était une femme de bon goût. Elle portait de beaux vêtements. Elle était fière et ses enfants l'étaient également. Denis avait un beau-frère qui vendait des vêtements. Il lui avait demandé d'apporter tout un choix pour ses enfants. L'homme avait mis les grandes boîtes de carton sur le lit et les enfants avaient attendu qu'il sorte les vêtements avant de s'élancer les premiers.

– Chacun votre tour, dit Denis. Vous allez tous en avoir.

C'était la première fois que Laïla et Louisa avaient des robes différentes. L'oncle n'avait pas apporté deux modèles qui soient pareils.

Denis refusa le drink que son père venait de lui

158

offrir. Laïla le remarqua. Des chanteurs à la voix rauque avaient encouragé les plus jeunes à prendre la relève. Des joueurs de carte s'énervaient au moment de mettre sur table quand la levée adverse s'était montrée mieux que la leur.

Il y eut le repas sans la vaisselle pour les jumelles qui descendirent à la cave sans avoir terminer leur assiettée. Il y eut la messe où Laïla choisit sa place sans l'aide de son père. Il y eut le retour à la maison en flânant sur le trottoir. Laïla avait lancé des balles de neige à son cousin. L'enfant avait attendu que les autres s'avancent pour faire des souhaits.

Grand-papa Audet offrit du gin pour réchauffer son monde. Denis le prit en ricanant.

— Tu avais dit que tu ne buvais plus, lui rappela Laïla.

— C'est pour me réchauffer du froid de dehors. Après j'en prendrai pas d'autre.

Denis fit un clin d'œil à sa fille.

— C'est pas pour moi, reprit son père. Je tiens le verre de ton oncle !

Laïla n'avait pas ri de la blague.

Aussi surprenant que cela puisse paraître, plus il buvait, plus il était joyeux ! Et plus il se faisait tard et plus Laïla voulait partir.

– Oui, oui, oui. On s'en va, là !

– Le temps est mauvais, rappela grand-maman Audet. Restez donc à coucher.

– Non, non. J'ai promis à leur mère de les ramener ce soir.

– On peut l'appeler, offrit grand-papa Audet.

– Non, non ! Je veux pas qu'elle se fâche.

– Tu as l'air fatigué. Tu n'es pas en état de conduire. Attends donc à demain ! Je suis certaine que Elsa aimerait mieux que les enfants couchent ici plutôt que de vous savoir sur la route en pleine tempête, dit la vieille femme qui aimait la visite. Plus il y avait du monde dans la maison et plus elle était heureuse.

Denis s'objecta. Il n'apprécia pas la remarque.

– Voyons, la mère ! Je suis parfaitement capable de conduire mon char, répliqua-t-il bêtement.

Il appuya sur chaque mot pour faire comprendre qu'il était inutile d'insister. Il trouva son trousseau de clefs au fond de sa poche de pantalon et sortit sans mettre son manteau.

Grand-maman Audet poussa la porte restée entrouverte. Elle balaya avec son pied la neige que le vent avait fait passer, puis elle aida les enfants à s'habiller.

Denis enfonça ses souliers dans l'épaisse neige

accumulée au sol. Il dégagea avec ses mains nues celle qui recouvrait sa voiture.

Les enfants étaient fin prêts quand Denis revint dans la maison.

– Tu aurais dû t'habiller ! On sort pas dehors comme ça par un froid pareil !

Laïla pensa que sa grand-mère avait raison mais Denis pensait tout autrement. Il demanda une bière. Laïla aurait voulu être le bûcheron pour couper avec sa hache les grosses pattes du loup. Les enfants avaient chaud. Denis, lui, il buvait, il parlait, il s'obstinait, il riait et il plaisantait.

– La voiture est pas assez chaude, disait-il en s'esclaffant, la bière à la main.

Laïla n'avait pas trouvé ça drôle.

– Bon ! Êtes-vous prêts ! On part, là ! Dites bonjour à tout le monde, donnez vos becs pis on sort.

Laïla n'avait jamais eu autant hâte de sortir. Une bourrasque de vent avait attaqué sa peau. La poudrerie avait soufflé fort durant une partie de la journée en plus de toute la soirée. La charrue avait poussé le surplus et monté les bancs de neige encore plus haut.

Denis ouvrit le coffre arrière, puis longea la voiture. Laïla le regarda par la vitre. Il monta dans la voiture, déboucha sa bière, l'appuya contre le siège entre ses jambes et ils partirent.

De temps en temps, Laïla voyait son père qui levait le coude. Elle aurait voulu dire qu'il ne devrait pas boire, que c'était dangereux et qu'elle n'aimait pas ça quand il buvait. Laïla se retint de dire ce que l'enfant qui avait un chat dans la gorge ne pouvait pas dire.

Denis avait la fatigue dans le corps. Laïla avait vu les yeux de l'homme qui combattait le sommeil. La voiture zigzaguait. Denis ouvrit la radio, mais même la radio lui disait de dormir. Il frottait ses yeux et il buvait. Laïla voulait que son père comprenne le danger mais elle ne parlait pas assez fort.

– Papa !

– Assois-toi à ta place pis tais-toi, grogna Denis qui venait tout juste de s'ouvrir une autre bière.

Laïla fut stupéfaite de voir le loup apparaître. Elle ne l'avait pas vu depuis longtemps et voilà qu'il surgissait. Un loup ne conduit pas de voiture, s'étonna l'enfant. Celui-ci ne pouvait pas être son père ! C'était la dernière fois que…

Louisa eut peur. Depuis le départ, elle se tenait collée à la portière. Elle était effrayée.

Denis avait poussé à fond sur l'accélérateur.

Louisa s'énerva et tenta d'ouvrir la portière.

– Arrête ! Arrête, papa ! Arrête ! On va avoir un accident, crièrent les enfants.

Laïla était assise derrière son père qu'elle apercevait dans le rétroviseur. L'homme avait un visage de glace.

– Je vais pas si vite que ça ! Décidez-vous ! Vous disiez que vous aviez hâte d'arriver !

Louisa tenait la poignée dans ses mains comme si elle se préparait à ouvrir la portière pour sauter. Laïla entendit le sifflement du vent qui avait trouvé une fissure. Denis tirait sur le bras de sa fille. Laïla frissonna.

Denis conduisait mal. C'était la panique. Les enfants pleuraient. Denis essaya de prendre le contrôle. Impossible. La voiture balança dans le décor, droit sur un amas de neige.

– *Ah !*

Un gros nuage blanc couvrit une partie de la voiture. Les enfants culbutèrent. Ils étaient en tas au fond de la voiture. Denis reprit lentement ses esprits. Laïla se releva et les autres aussi.

– Êtes-vous corrects, là ?

Il n'y avait pas de blessés, mais tous les enfants pleuraient.

– C'est pas grave, là, voyons ! Arrêtez de vous

énerver pour rien, là. On va trouver de l'aide. L'important c'est que vous soyez pas blessés.

Denis avait la bouche pâteuse. Laïla n'avait pas bien entendu ce qu'il marmonna de plus. Le mot « blessés » avait écorché les oreilles de l'enfant qui avait été blessée par l'attitude de son père mais Denis ne le voyait pas.

L'homme donna des coups d'épaule pour dégager la portière. Il sortit sur le bord de la route. Tout était désert. Il y avait de la neige et c'était tout. Laïla scruta l'extérieur. Si marcher à la ville avoisinante avait été l'unique solution, par où commencer ? Il n'y avait pas de lumière au loin non plus. La poudrerie battait le froid vers eux. Denis remonta dans l'auto.

Toc ! Toc ! Toc !

Quelqu'un frappa à la vitre. Les enfants étaient contents.

– Est-ce que ça va ?

– Oui, oui, ça va, répondit Denis.

L'étranger observa les enfants. Il reconnut la peur.

– Êtes-vous certain que ça va ?

Denis fit un signe avec la tête.

– Où allez-vous ?

– Euh ! Pas très loin vers l'est, là !

Denis montra la mauvaise direction.

L'homme n'était pas dupe. Il sentit l'odeur de l'alcool.

– L'est, c'est pas par là ! C'est par là ! Voulez-vous que je vous conduise ?

– Non, non. Ça va aller, répondit Denis en sortant de la voiture. Il donna l'impression d'avoir été dérangé.

– Je vais vous sortir de là, moi ! Vous allez voir que ce ne sera pas long, lança l'homme en grimpant sur son gros camion.

Il tira la voiture du fossé. Denis tourna la clef. La voiture partit au quart de tour.

– Enfin ! se réjouit Laïla bien qu'elle eut préféré se faire reconduire par l'homme.

Denis reprit la route en étant plus prudent.

Elsa fut heureuse de voir les enfants arriver. Grand-maman Audet avait appelé pour vérifier si les enfants étaient là. Elsa avait passé la soirée à guetter à la fenêtre.

– C'est la dernière fois ! Ne viens plus me demander la permission d'emmener les enfants avec toi. C'est fini !

Il était tard. Tout le monde était fatigué.

Denis n'insista pas et il tourna le dos et partit sans dire un mot.

——

Elsa avait trouvé un logement à louer plus près de l'école. Elle l'avait pris en pensant que les enfants auraient moins loin à marcher. Comme de raison quand le moment vint de préparer les boîtes, les filles n'avaient pas été là ! Mamie était là. Elle était toujours là quand sa fille avait besoin.

Laïla remarqua le garçon du logement d'en haut. Lui aussi la remarqua. Il était timide et elle aussi était timide. Ils se comprenaient sans même se parler. C'était la première fois qu'elle accordait de l'importance à un garçon et ça lui plut beaucoup. Elle passa de longues soirées sur la galerie avec lui.

– Laïla ! C'est assez là ! Il est tard et je veux que tu rentres.

Laïla restait assise sur la rampe de la galerie. Lui était assis sur une marche. Ils ne se regardaient pas et ne se parlaient pas. Le garçon tenait sa main et si la main glissait, le cœur de Laïla perdait l'équilibre et elle rentrait après avoir murmuré un *bye !*

Toute la famille avait encore une fois plié bagage pour se retrouver cette fois-ci, dans un logement à prix modique. Laïla changea d'école et oublia le garçon d'en haut.

Elsa avait commencé à respirer un peu plus quand les plus vieilles avaient trouvé le moyen de subvenir à leurs besoins. Les jumelles gardaient des enfants. Elles s'achetaient des vêtements à leur goût et payaient une bonne partie de leurs dépenses.

– *Laquelle est Laïla ? Laquelle est Louisa ?*

Mal à son aise, Laïla avait hâté le pas comme toujours quand elle se sentait très intimidée.

– Voyons ! s'exclama Louisa. As-tu le feu au derrière ?

– Non, répondit Laïla.

– Pourquoi tu marches aussi vite, d'abord ?

Louisa savait que les garçons sur la galerie avaient les yeux sur elles.

– Ne fais pas ta sauvage comme ça. Ils ne vont pas nous manger ! Marche pas si vite !

On avait souvent dit de Laïla qu'elle était snob. Elle était plutôt gênée. Quand un admirateur se faisait insistant, elle marchait vite et ne regardait pas. S'il sifflait à son passage, elle baissait la tête. Elle ne savait jamais qui c'était.

Les deux garçons assis sur le perron avaient été les mêmes qui avaient monté la côte aux pas de course devant les jumelles. Ils répétaient le même manège chaque jour. Ils voulaient les rencontrer, mais ne savaient pas comment les approcher. On avait dit d'elles qu'elles n'étaient pas faciles à avoir.

– *Laquelle est Louisa ! Laquelle est Laïla !*

Peu à peu, Laïla avait souri. Ne l'approchait pas qui le voulait, par contre !

——

La tête dans la lune et les pieds posés sur un nuage, Laïla avait perdu le fil de ses cours. Ses notes avaient dégringolé bien bas. Personne n'aurait pu la convaincre de l'importance des études. Elle n'avait jamais aimé aller à l'école. Petite, le passé lui avait appris comment détester ce que les grands tentaient à présent de valoriser à ses yeux mais il était trop tard.

Laïla voulait quitter l'école. L'enfant avait vu l'école comme une prison. Elsa avait parlé sans vraiment se faire écouter. L'ami de sa mère avait mis son mot. L'enfant raya le mot. L'homme n'avait aucun droit sur elle. Elsa en avait parlé à Denis.

– Votre père m'a téléphoné.

– Ah ! Qu'est-ce qu'il voulait ?

– Il demande si je veux reprendre avec lui.

– Hein ?!

Laïla n'était pas certaine d'avoir bien compris.

– Et qu'est-ce que tu as répondu ?

– Que je ne savais pas et que je voulais vous en parler avant.

– As-tu dit ça à Richard ?

Elsa resta un moment à songer puis fit signe de la tête que c'était oui.

– Qu'est-ce qu'il en pense ?

Laïla vit les yeux de sa mère s'embuer.

– Il a sa femme et il n'a pas l'intention de la laisser.

Laïla enchaîna aussitôt.

– En tous les cas, s'il vient habiter avec nous, je ne veux pas qu'il me dise quoi faire et surtout pas me donner des ordres comme avant ! Les plus jeunes ne sont pas habitués à vivre avec un père. Ce ne sera pas facile pour eux. Tu sais comment est papa : autoritaire et direct. Crois-tu qu'il a changé ? De toute façon, nous allons tous partir un jour ! C'est toi qui auras à vivre avec lui ! C'est à toi de prendre la décision. Moi je sais une chose. Je ne veux plus revivre ce que j'ai déjà vécu, conclut Laïla.

Elsa n'avait pas interrompu sa fille.

– Tout de même ! On verra bien, soupira Elsa. Il a dit qu'il viendrait faire un tour ce soir.

Denis n'était resté que le temps d'un sermon.

– L'école, c'est très important. Si vous n'avez pas de diplôme, vous n'aurez jamais un bon travail plus tard. Je veux que vous donniez un bon coup de main à votre mère quand vous arrivez de l'école. Vous êtes assez grandes maintenant pour aider aux repas et au ménage.

Tiens ! Tiens, fit la conscience de Laïla. Il a juste la tête dans la maison et il ne reste plus de place pour les autres.

Laïla osa dire qu'elle n'aimait pas l'école et qu'elle n'y irait plus quand elle déciderait de ne plus y aller. Denis s'irrita, mais n'entendit pas le message qui pour Laïla avait été clair.

– Je veux voir votre prochain bulletin.

Denis fixait Laïla en parlant. Laïla le fixa droit dans les yeux. Oh ! Oh ! se dit l'enfant, on dirait que le loup éprouve de la difficulté. L'enfant ne voyait plus la mâchoire se serrer mais le loup rougissait.

– C'est moi qui paie vos études.

– Ben ! C'est ça ! Tu n'en as plus pour longtemps. De toute façon, tu ne t'es jamais occupé de nous. Tu ne nous as jamais aimés. Tu n'as pas le droit de nous dire quoi faire maintenant.

Laïla s'élança dans sa chambre. L'enfant sur le lit était fâchée contre l'enfant qui pleurait. Elle avait trop d'eau dans son cœur et elle mouillait son oreiller.

– Vous ne me reverrez plus, hurla Denis. Pis toi, arrange-toi avec tes troubles !

Denis tourna les talons. Il claqua la porte après s'être adressé à sa femme qui n'avait pas dit un mot.

Laïla avait pensé que son père n'avait changé en rien du tout. De quel droit s'était-il permis de faire la loi alors qu'il n'était même pas chez lui ? Elle aurait souhaité que tout se passe autrement mais bon ! Il s'imposait et ça la choquait de se faire diriger. Elle avait contesté. Il avait critiqué. Elle avait rétorqué.

Denis n'avait jamais été capable de dire les choses tout simplement sans s'emporter. De plus, il n'acceptait pas les idées des autres, et encore moins celles de ses enfants.

Laïla avait détesté cette manière d'être qui caractérisait son père. L'enfant vit l'une qui mendiait et le loup qui mangeait la main de la mendiante. Peut-être n'avait-elle pas su comment mendier ? Peut-être ne fallait-il pas mendier ?

Laïla ne pleurait plus. La conscience avait dit de se taire que ça ne valait pas la peine. L'enfant prit ses larmes pour en faire de l'encre. Elle ouvrit un cahier. Laïla n'aimait pas les cahiers d'école. Ils étaient tachés de larmes. Celui-ci ressemblait en tout point à celui de l'école, mais il ne pouvait pas être pareil. Il n'était pas près d'une boîte de *kleenex* et le loup ne regardait pas dedans. Le cahier accepta d'être le jardin secret de Laïla même s'il ne recevrait pas de note.

– Viens donc, insista Julia.

Laïla hésitait. Elle était intimidée de rencontrer de nouveaux amis ; surtout s'il s'agissait d'un garçon. Elle préférait la solitude. La solitude n'est pas gênante, elle ! Elle ne trouvait rien qui soit vraiment intéressant à dire et si elle parlait, elle se trouvait ridicule. Elle avait aussi la peur d'être jugée. Pauvre cruche ! rappela la mémoire qui arrivait mal à propos.

– Ok ! Je ne resterai pas longtemps.

Julia frappa à la porte. Les filles attendirent une réponse. C'était long et Laïla eut le goût de changer d'idée. On entendait de la musique qui jouait fort. Une femme cria : Entrez !

Laïla se sentit dévisagée. Elle choisit la première chaise libre. Des garçons jouaient sur des instruments de musique.

– C'est lequel ? demanda Laïla à sa sœur.

– Il n'est pas encore arrivé, avait chuchoté Julia.

Laïla était curieuse de voir le beau garçon qui avait demandé à la voir. Elle était myope et elle ne portait pas de lunettes. Elle souhaita le voir de près. Peut-être avait-il changé d'idée ? Elle était là depuis un bon moment déjà et il n'était toujours pas arrivé. Elle voulut partir.

– Attends ! Tu es donc bien pressée !

Laïla vit le garçon arriver. Elle avait dit à Julia de rester auprès d'elle, mais quelqu'un l'avait appelée et Julia s'était éloignée. Laïla força sa vue pour bien voir. Il avait vraiment l'air d'être beau ! Tant que la fille le fixa sans se rendre compte qu'elle insistait beaucoup trop. Il sourit. Le cœur de Laïla reçut des coups qui n'avaient rien à voir avec ceux portés par le loup. Ceux du garçon avaient fait du bien. La fille s'étonna du bien qui collait à son cœur sans la lâcher. Elle remarqua les yeux, et les lèvres bien en chair. Elle sentit ses yeux à elle courir sur le corps du garçon. Elle n'en fit pas de cas. Ses yeux avaient l'air de se trouver bien là où ils étaient.

Le grand brun salua ses amis et prit un instrument de musique pour accompagner le groupe.

Elle rêva au premier baiser qui viendrait un jour. Elle voyait le garçon faire les premiers pas vers elle. Elle était certaine qu'il avait une plus belle voix que celle du loup. Elle rougirait, bien entendu ! Elle aurait l'air d'une idiote aussi ! Il se moquerait d'elle ! Elle figerait ! Elle se détesterait ! Mieux valait partir avant qu'il ne soit trop tard. Reste à l'abri. Retourne dans ton puits, lui dit la conscience.

Laïla avait appris de Julia que Vincent avait souhaité la voir à la soirée. L'enfant flatta son cœur qui ronronna.

– Il veut sortir avec toi, rajouta Julia.

Laïla ressentit la joie. L'enfant entendit le cœur qui ronronnait encore plus fort.

Laïla vint au-devant de lui en compagnie d'une amie. C'était une manière plus facile de s'introduire. Carole n'était pas timide et elle paraissait bien. Tout le monde la regarderait. Laïla n'avait pas pensé que Vincent pourrait s'y intéresser ou vice versa. Si Vincent ne l'avait pas remarquée, Carole, elle, le collait d'un peu trop de près. Laïla le remarqua.

Laïla détourna le regard. Elle voulut se montrer indifférente, mais elle n'avait pas pu. L'enfant n'entendait plus son cœur.

– Bon ! Je m'en vais. Tu diras à Carole et à Vincent que je leur souhaite une bonne soirée, lança Laïla à Julia qui courut voir Vincent.

Laïla avait parlé sur un coup de tête. Elle le regretta, mais elle pensa qu'il était trop tard. Elle se leva.

Vincent arriva vers elle.

– Veux-tu danser ?

Laïla avait fait comme si…

Elle eut l'impression que c'était la première fois que des bras enlaçaient son corps. Vincent avait les mains douces. Elle sentait la pression avec laquelle il frottait son dos. Il appuyait sa tête dans le cou de la fille. Il frôlait sa joue. Il approcha sa bouche. Laïla regarda ses yeux. L'enfant en elle lui dit qu'elle pouvait l'embrasser. Il n'était pas un loup.

———

Vincent avait choisi de s'arrêter quelque temps pour réfléchir à sa vie de jeunesse. Il avait fait la noce avec ses amis jusqu'aux petites heures du matin dans des endroits aux parfums alcoolisés. Il voulait vivre du bon temps pendant qu'il était jeune, avait-il dit. Laïla n'avait pas vu la nécessité d'en faire autant, elle !

Il avait mis fin à leur belle aventure, abandonnant la barque au gré du vent. Jour après jour, le jeune couple traversa des tempêtes. Laïla avait attendu patiemment le retour des beaux jours. Elle avait pris du papier blanc, l'avait chiffonné mille fois puis jeté à la poubelle. Son crayon avait eu un blanc de mémoire.

Laïla s'informait de Vincent. Les nouvelles ne la réjouissaient pas. Une rumeur courait que Vincent avait changé de nom. On l'appelait *le coureur des bois*. Il n'était jamais avec la même fille. Laïla pensa au loup puis se ravisa. Elle regretta d'avoir perdu ses ailes avec celui qu'elle aimait par-dessus tout. Elle lui avait servi sa jeunesse sur un plateau d'argent. Il avait triché avec son amour. Il l'avait mise de côté en multipliant ses conquêtes.

—⋅—

Laïla et Vincent avaient repris ensemble, mais ils se disputaient souvent. Laïla n'était pas contente. Elle reprochait à Vincent ses sorties entre gars. Elle n'était pas d'accord et il le savait. Il l'accusa de ne pas comprendre. Non. Elle ne comprenait pas. Elle avait délaissé ses amies pour lui. Pourquoi n'avait-il pas fait la même chose pour elle ? Et voilà qu'il la tenait responsable de sa mauvaise humeur !

Elle le détestait pour le mal qu'il lui faisait et en même temps elle ne pouvait pas se passer de lui. Laïla était consciente que plus elle s'accrochait à lui et plus il s'envolait. Elle refusait de le voir partir. Si un faible espoir existait encore, elle ne voulait pas le gâcher.

Laïla s'apprêta à descendre de la voiture.

– Viendras-tu me chercher ce soir ?

– À quelle heure termines-tu ton travail ?

– Le temps de faire ma caisse et je serai sortie vers neuf heures trente, répondit la jeune fille.

Un froid avait gardé à distance les deux jeunes qui s'étaient quittés avec un léger baiser au coin de la bouche.

– Bye ! lança Laïla, le cœur gros.

– Salut ! marmonna Vincent avant de disparaître à toute vitesse avec sa voiture.

Laïla remettait la monnaie à un client pendant qu'un garçon s'affairait à placer des objets au fond d'un sac. Le garçon fit les yeux doux et la fille s'enorgueillit. De beaux yeux noirs et un accent comme elle aime. L'accent européen lui rappela celui de son grand-père. Mais jamais elle aurait osé tromper Vincent !

Voilà que le temps s'était rapproché des portes de

Noël ! Les semaines précédentes avaient marqué la folie des achats, aux pas de course pour bien du monde ! Laïla avait profité de sa période de pause pour acheter ses cadeaux. Elle avait placé ses gros sacs dans la salle des employés avant de retourner à son travail. La soirée lui parut longue. Les clients avaient parlé d'une tempête de neige imminente. Laïla n'avait pas prévu le coup.

Dès qu'elle mit les pieds dehors, la jeune fille s'aperçut de son mauvais jugement. Elle ne s'était pas vêtue assez chaudement et Vincent n'était pas arrivé. Quoiqu'il fût un peu tôt pour s'inquiéter, Laïla n'avait pas vu cela de bon augure ! Elle s'était adossée contre le mur. Les paquets étaient lourds. La neige s'accumulait sur sa tête. Une voiture s'immobilisa. Ce n'était pas Vincent. Le conducteur se pencha pour ouvrir la portière. Laïla reconnut le garçon qui travaillait avec elle.

– Tu montes ? Allez va ! Tu ne peux pas rester là à geler, quand même !

Laïla refusa avec un moment d'hésitation.

– … Euh !… Je ne peux pas accepter. J'attends mon ami. Merci quand même !

Le jeune homme parlait bien et puis il était beau. Laïla aimait cette façon étrangère de parler, tout

179

comme son grand-père qui le faisait si bien d'ailleurs ! Ces gens-là donnaient l'agréable impression de chanter en parlant, tellement c'était plaisant de les entendre. Laïla regretta en pensant l'avoir déçu.

Laïla vit son reflet dans la vitrine du magasin. Elle avait l'allure de mère Noël. Plus le temps s'écoulait et plus le froid la gagnait. Les derniers employés avaient débarrassé leurs voitures d'une épaisse couche de neige avant de déguerpir. Plus personne ne portait attention à celle qui se fondait dans le décor. Les conducteurs s'impatientaient devant la lenteur du trafic. Au fil du temps, la route s'était retrouvée quasi-déserte. Autant se faire à l'idée ! Vincent ne viendrait pas.

Dire que si j'avais accepté de me faire conduire par le beau gars, je serais déjà bien au chaud au lieu de marcher avec mes belles bottes pas doublées sur des trottoirs pas déneigés, maugréa Laïla.

Elle n'avait pas vu de transport en commun circuler sur le chemin. Était-ce l'heure tardive qui en avait été la raison ou la mauvaise condition des routes ? Elle scruta de-çi de-là à la recherche d'une cabine téléphonique. Elle avait eu des scrupules à relancer Vincent, mais elle n'avait pas le choix.

– Il est sorti avec des amis. Il ne m'a pas dit à quelle heure il prévoyait rentrer, répondit la mère de Vincent.

– Ah ! Bon. Dites-lui que Laïla a appelé.

C'est la mort dans l'âme que Laïla comprit que Vincent ne viendrait pas la chercher. Elle fixa le vide et le vide entra dans son corps. Ses doigts étaient gelés et elle s'en rendait compte à présent. Elle n'avait pas pensé à enfouir ses mains dans ses poches. Elle était prise au dépourvu. Et même si les taxis s'étaient fait rares, Laïla n'avait pas d'argent pour se payer un tel luxe. Elle sortit et marcha contre le vent.

À l'horizon, une nature inspirée du grand Nord offrait son gigantesque spectacle de grandeur et de blancheur. Faisant face au vent glacial, Laïla sentit la rigueur du froid qui traversait ses vêtements. Par moments, la jeune fille s'était réchauffée en pensée où elle avait retrouvé son chanteur au sang chaud. Depuis plusieurs mois, il avait conté fleurette à l'aveugle qu'elle avait été et à l'idiote qui l'avait laissé filer au lieu d'accepter de se faire conduire.

Pauvre cruche, dit sa conscience.

À mi-chemin de la côte, Laïla ralentit la cadence pour reprendre son souffle. Une voiture attira son attention. Les pneus roulèrent sans faire avancer la voiture. La pente était glacée et le conducteur en difficulté. Plus il essayait de s'en sortir et plus les passagers riaient. Laïla reconnut Vincent qui, lui, ne l'avait pas vue. Elle se fâcha. Elle tourna la tête. Elle ne voulait pas être vue.

Elle était encore sous le choc quand elle décida de marcher plus vite et elle marchait vite aussi. L'enfant avait la fureur d'un taureau. Elle soufflait son orgueil blessé par le nez. Vincent était assis bien au chaud dans sa voiture avec des copains et des copines alors qu'elle luttait contre le froid depuis des heures ! Des larmes coulèrent jusqu'à son cœur en mal d'amour. Elle le méprisait.

Laïla avait les yeux et le nez rouges. Si on lui en avait demandé la raison, elle aurait dit qu'il faisait froid dehors. Personne n'avait demandé. Elle déposa les paquets à leur place, au fond de sa garde-robe. Elle prit son pyjama, rempli la baignoire et noya sa peine durant des heures. La conscience avait dit d'aller se coucher et que tout serait mieux demain.

Le crayon avait écrit ce que personne n'avait corrigé. La beauté d'une fleur n'existe plus sans ses pétales. Le matelot se tenant à flot regarde au loin couler son bateau. L'oiseau battant des ailes avait piaulé contre son prédateur.

Laïla ne voulait plus vivre au jour le jour avec un amour aussi fragile et parfois trop sans cœur. Un lendemain sans lendemain ! Un jour ça va, un jour ça ne va pas ! À quoi rimait tout ça ? À maturité trop grande, le fruit perd de sa fraîcheur, mais la transformation qui s'opère en lui ne lui redonne-t-elle pas toute sa valeur ?

Laïla avait beaucoup de patience, et cela se traduisait par cet espoir qu'elle avait défini comme l'unique grand amour qui soit possible à ses yeux. Elle tourbillonnait dans le tourment de ses émotions. Elle fuyait dans tous les sens. Elle revenait à la case départ. En tout temps et sans raison, la vague l'avait ramené à Vincent, à qui elle avait pardonné beaucoup trop souvent. Elle lui avait donné son cœur et son corps sans aucune réserve. Autrefois le péché, aujourd'hui la liberté.

Elsa avait loué la maison de sa sœur. Louisa avait pris son envol. Elle travaillait et avait son logement à elle. Vincent avait quitté le foyer familial. Il avait loué un appartement avec un ami. L'ami changea d'idée à la dernière minute et Laïla avait pris la place de l'ami.

Elsa avait mal reçu la nouvelle. Elle reprocha à sa fille ses dix-huit ans écervelés.

– De quoi allez-vous vivre ?

– On s'arrangera bien, répondit l'insouciante.

La mère plissa le front. Elle n'était pas d'accord.

Vincent avait un bon emploi depuis quelques mois seulement. Laïla ne travaillait pas.

Les parents de Vincent s'étaient opposés à la décision qu'ils avaient prise de vivre en couple. L'église interdisait cette pratique. Quel scandale de la part de ces deux jeunes qui n'étaient pas mariés et qui voulait faire tout comme ! Il y avait ceux dont on disait du bien parce qu'ils attendaient patiemment le jour de leur mariage avant d'habiter ensemble. Il ne fallait tout de même pas se leurrer ! Sortir avec un garçon ne voulait pas dire chasteté ! Quoique certains l'aient cru ! Rester ensemble sans être marié était vu, dans la tête de bien des gens, comme inconvenant et somme toute, l'affaire avait été jugée immorale.

Malgré le froid qui en résultat, Laïla et Vincent défendirent leur point de vue. Ils choisirent de vivre à leur guise nonobstant les qu'en dira-t-on.

Laïla n'avait jamais vu d'un mauvais œil que cette façon de vivre soit préjudiciable pour sa réputation.

Ils apprirent ensemble la leçon du bonheur. Ils apprivoisèrent leur vie commune en partageant le peu qu'ils possédaient. Ils étaient heureux. Laïla songea que le bonheur vivait bien en compagnie de ceux qui vivaient simplement. Les tourtereaux ne s'étaient jamais plaints de leur modeste nid.

Laïla avait conservé certains principes que son éducation rigide lui avait permis d'acquérir. Voilà au moins un point positif à toute cette dureté passée ! Elle voulait des enfants et Vincent également. Hors du mariage, hors de question !

Laïla avait rêvé de cette robe de marié qu'elle

porterait un jour. Comme elle était belle ! Elle était longue et d'une blancheur immaculée. Il y aurait beaucoup de tissu. Le satin luisant aurait glissé au sol jusqu'à ses pieds. Il y aurait eu des perles en bordure du décolleté et une large ceinture pour sa taille. Elle aurait porté un diadème pour retenir son voile qui n'en finirait plus de paraître. Elle choisirait de porter de grosses manches bouffantes et la conscience aurait dit à la religieuse de se taire parce que la grande avait choisi ces manches-là.

– Les parents de Vincent vont sûrement payer pour lui, mais qui va payer pour toi ? dit Elsa.

– Je ne sais pas, répondit tristement Laïla.

– Je voudrais bien t'aider, mais tu sais, je n'ai pas d'argent. Il faudra que tu demandes à ton père, conclut la femme.

– Ah ! Non ! Je ne peux pas !

Il te doit bien ça, chuchota la conscience de Laïla. Qu'est-ce que tu attends ? Vas-y ! Ne te gêne pas.

Laïla avait hésité parce qu'elle avait expliqué que son père était décédé à ceux qui avaient été curieux de ne jamais le voir. Tant pis ! Elle se décida à appeler.

Denis n'aimait pas qu'on demande. Le fait qu'elle

soit sa fille n'était pas une garantie qu'il accepte de payer une part du mariage.

– Je vais me marier, annonça Laïla à son père.

– Ah, oui !

– Les parents de Vincent ont accepté de payer la moitié de la noce. Est-ce que tu veux payer l'autre moitié ?

– Pourquoi ne l'as-tu pas demandé au *chum* de ta mère ? Il a de l'argent lui !

– Pourquoi est-ce que je lui demanderais ? Ce n'est pas mon père ! Je n'ai pas l'intention de l'inviter à mon mariage ! C'est l'ami de maman. Il ne fait pas partie de la famille !

Laïla s'emporta.

– Ce n'est pas grave. Laisse faire. Je vais m'arranger toute seule.

– Bon ! Je vais regarder ça. Rappelle-moi demain et je te donnerai une réponse.

Denis raccrocha l'appareil.

Laïla avait souhaité auparavant que son père soit différent et que ses parents soient ensemble. À présent qu'elle voyait ça avec des yeux plus grands, l'image disparut.

Laïla n'avait jamais été consolée de ses malheurs

ni encouragée pour son bonheur. Ses parents avaient accueilli la nouvelle de son mariage comme faisant partie de la norme du futur. La jeune fille n'avait jamais connu l'exubérance au sein de sa famille. Elsa était une femme simple et elle avait élevé ses enfants simplement.

Laïla voulait que les préparatifs de son mariage se passent dans la plus pure tradition. Elle avait couché chez sa mère. La pluie était tombée par à-coups, la nuit durant. Les bigoudis avaient dérangé Laïla qui n'avait pas su comment placer sa tête sur l'oreiller. Bien qu'Elsa ait mis son chapelet sur la corde à linge, le soleil avait pris tout son temps avant de se montrer.

Laïla devait relever sa robe. Il y avait des flaques d'eau presque partout et où il n'y en avait pas, le sol était mouillé.

La robe de Laïla n'avait rien de ce qu'elle avait imaginé. Elle était très simple. Un ruban étroit tournait autour de sa taille, de son cou et de ses manches. Il était bleu. Laïla n'avait pas de traîne ni de diadème.

– Choisissez-vous un chapeau ! C'est compris avec la location, avait ajouté la femme derrière le comptoir.

Elsa avait coiffé les cheveux de sa fille du mieux

qu'elle l'avait pu. L'humidité l'avait décoiffée. Vincent l'avait trouvée belle quand même. Bien qu'elle sentît les regards posés sur elle, Laïla n'avait pas rougi en faisant son entrée.

Les mariés étaient partis en voyage de noces au bord de la mer avec un attirail de camping emprunté à des amis quelques jours avant le départ. Ils avaient dit que la première nuit se passerait dans le plus chic des hôtels qu'ils croiseraient en chemin.

– Eh ! Ralenti ! Non, pas celui-là. Continuons encore, proposa Laïla.

Il y avait moins de voitures sur la route. Ils avaient traversé la frontière et ils entraient dans une région plus montagneuse. Vincent regardait à droite et Laïla à gauche. Il ne voyait rien qui leur plaise vraiment.

– Oh ! Non ! C'est écrit « no vacancy » partout !

C'était certain, ils prendraient le prochain qui serait libre.

– Sinon, conclut Vincent, il faudra attendre d'arriver en ville et il sera trop tard.

Laïla perdit tout espoir. Il n'y avait rien de libre en ville non plus.

Vincent était fatigué et Laïla craignit qu'il ne s'endorme au volant.

Laïla vit un terrain de camping.

– Arrêtons-nous ici.

Les nouveaux mariés assemblèrent la tente qu'ils n'avaient jamais montée. Ils étaient morts de fatigue. Il faisait noir et ils n'avaient pas de lampe de poche.

Ni la fraîcheur de la nuit, ni la chaleur matinale n'avaient forcé le jeune couple en voyage de noces à se lever tôt. Ils avaient dormi à poings fermés. La tente avait été montée croche et eux, ils n'avaient rien vu.

– Bon ! On va en avoir, des histoires, à raconter à nos enfants plus tard, s'exclama Vincent.

Un épais brouillard avait envahi la plage et les touristes l'avaient fuie. Le mois de juillet n'avait pas été chaud cette année-là. Laïla et Vincent avaient levé le camp.

Laïla et Vincent avaient franchi avec beaucoup de bonheur le cap de leurs vingt ans dans leur maison nouvellement construite.

Le jeune couple attendait impatiemment le jour où un enfant viendrait combler leur bonheur. Ils s'étaient installés à la campagne, juste à côté des grands-parents de Vincent.

La jeune fille avait aimé tout de suite ces gens de la terre qui n'avaient rien à voir avec des De-quoi-j'ai-l'air ! Ces vieilles personnes avaient une richesse incontestable, celle de leur passé qu'ils renouvelaient avec la joie au cœur et au gré de leur mémoire. De tradition en tradition, ils n'avaient rien oublié et cela se voyait à leur façon de les raconter. Des méthodes, qui avaient eu leurs raisons d'être, s'étaient éteintes à la lumière des nouveautés qui avaient été loin de les rassurer.

Sur son gros tracteur à trois roues « arpents verts », fier comme un coquelet, chemise à carreaux et pantalon de laine, le vieil homme au visage radieux s'était promené plus d'une fois. Pouvait l'apercevoir qui le voulait, cet honnête homme mal fagoté qui jetait orgueilleusement le regard au-dessus de toute sa richesse, ses acres.

Parfois, sa vieille femme marchait à ses côtés, les deux mains dans les poches de son tablier enfariné, témoin du pain qu'elle savait si bien faire lever. Coiffée de son grand chapeau de paille, solidement fixé à son cou par une attache fabriquée par elle-même à l'aide d'un ruban, la vieille femme rêvassait de ce jardin jadis entouré de fleurs que sa mère avait si bien enjolivé. La bonté dans le cœur, la sagesse dans l'âme et de l'amour à profusion, voilà le portrait de gens généreux en tout ! Laïla avait remisé son passé pour vivre à profusion ce qu'elle puisait de majestueux et de tendre dans cette famille qu'elle avait faite sienne.

La chaleur du poêle à bois réchauffait la maison ancestrale, délabrée depuis longtemps par un manque de soin. De temps à autre, la femme à l'âge d'or et aux cheveux argentés s'assoyait sur sa chaise de bois où elle appréciait se balancer à un rythme régulier tout en parlant franchement des drôleries de son époque. Parfois, le sautillement de ses épaules trahissait le plaisir qu'elle prenait à une partie de cartes qui la faisait glousser sans retenue.

Laïla et Vincent étaient bien aimés des grands-parents et une très grande affection se vivait réciproquement. Proches voisins de fait, tous se retrouvaient en liesse à la table, partageant nourriture et bonheur tout à la fois.

De cette vieille femme émanait une bonté pure et limpide telle une source où Laïla avait étanché sa soif en plus de puiser son savoir. Jardiner, cuisiner, écouter, aimer, tant de gestes pour apprendre à vivre pleinement. Ce vieil homme avait représenté le bien pour Laïla qui n'avait toujours connu de lui que le meilleur. Nature et mieux être avaient aidé à la félicité du jeune couple en complicité avec la grande sagesse des cheveux argentés.

À chacune de leurs sorties importantes comme chaque semaine où ils s'étaient rendus au marché pour s'approvisionner, le vieux couple avait échangé les frusques de semaine pour une tenue de ville. La belle d'autrefois s'était parée de pendants d'oreilles brillants, avait poudré ses joues et fardé ses traits pour finalement s'asperger de parfum. L'ancien jeune homme avait mis en forme ses cheveux, passant de foncés à grisâtres. Pour la circonstance, celui-ci avait porté sa chemise blanche des plus beaux jours.

Tous deux étaient montés fièrement à bord de leur voiture qui, hormis son âge, pouvait très bien passer pour neuve. Ils quittaient leur maison pour quelques heures seulement. Fidèles à leurs habitudes, l'homme et la femme se rendaient chaque fois au même endroit. C'était d'un œil méfiant qu'ils examinaient avantageusement chaque aliment qu'ils payaient toujours comptant.

———

Regarder au loin ce jour sans temps qui n'en finissait plus d'apparaître, avait paru long dans le cœur de Laïla qui avait souhaité ardemment avoir un enfant. Quand le désir se fait maître, c'est pour maintenant et non pour demain. Nourrir de sa chair et de son sang une copie de sa peau, avait été tendrement nécessaire à la soif de la jeune femme, fin prête à donner sans restriction. Donner en héritage ce que l'héritage avait oublié de lui laisser à elle-même, avait fait partie de son vouloir. Elle attendait le pouvoir qui se faisait attendre.

Laïla venait d'apprendre qu'elle était enceinte. Le test de grossesse confirma le doute qu'elle avait depuis quelques semaines. Des semaines qui lui parurent des mois. Laïla était si excitée qu'elle sentit ses ailes se déployer.

Laïla n'avait pas appelé Vincent à son travail. Bien que la tentation l'ait grandement tiraillée, elle s'était retenue juste au dernier moment. Elle préférait attendre qu'il soit là. Elle pourrait voir sa réaction.

Hum ! comment pourrais-je bien lui annoncer ça ? Laïla eut la tête pleine d'idées. Elle toucha son ventre du bout des doigts. Le ventre n'avait rien d'un ventre de maternité, mais elle l'aima tout de suite.

Toc ! Toc ! Toc ! Qui est là, s'était-elle amusé à dire.

Laïla poussa un soupir. Comme la journée serait longue !

Vincent vit sa femme accourir au-devant de lui.

– Ça va ?

– Devine !

Laïla avait les larmes aux yeux.

– Mon Dieu ! Mais qu'est-ce que tu as ?

Elle avait pris la journée pour trouver la meilleure façon d'annoncer la bonne nouvelle et voilà qu'elle s'inquiétait maintenant et se mettait à pleurer.

– Je suis enceinte, avait sangloté, heureuse, la jeune femme.

———

Laïla glissa le tiroir du bureau. Elle respira l'odeur. Des vêtements tout mignons attendaient toujours d'être dépliés puis portés par un nouveau-né. Le petit lapin de peluche bleu pâle, unique objet apparent en l'honneur du futur bébé, avait croisé pour la centième fois le regard tendre de la future maman. Comme tous les matins, Laïla termina sa tournée avant de partir au travail et, de la même manière, la porte avait été fermée, signe d'un bonheur protégé contre toute éventualité.

Les maux de cœur dont Laïla avait été incommodée au tout début de sa grossesse, n'étaient rien en comparaison des saignements qui étaient venus subitement la déranger. Elle était angoissée.

Vincent l'amena d'urgence à l'hôpital. Le stagiaire qui l'examina, lui recommanda de garder le lit en attendant de voir le médecin.

Laïla appréciait la présence de sa belle-mère qui avait pris soin de tout. Quoiqu'il parût difficile pour la jeune femme de se faire servir, elle avait ménagé ses efforts tel qu'il eut convenu de le faire. Le bébé devait venir au monde dans le bon temps. Elle refusait d'écouter l'idée qui disait que peut-être elle pourrait le perdre. Chaque saignement la tourmentait. Juste le fait de se rendre à la salle de bain l'angoissait. S'il avait fallu qu'elle voie une masse de chair s'échapper ! Comment l'empêcher ? Comment resserrer les liens que la nature tentait de briser ? Qui en voulait à son bonheur ? Ce n'était bon ni pour elle ni pour le bébé de se morfondre. Sa conscience lui disait que, pour le moment, rien ne portait à croire que tout finirait mal.

De l'irréel avait pourtant été conçu le plus beau bébé qui puisse exister. Le gain appartient à qui se donne la chance de participer à la loterie de ses rêves les plus extraordinaires et les plus magistraux. La conception qui grandit en soi est le meilleur de soi-même, jugea Laïla en se disant : *et si je ressuscitais !*

Les prières de Laïla n'avaient pas porté fruit. Les saignements étaient là. Ils avaient fait grandir le doute dans la tête de la malheureuse. Ça ne la dérangeait plus de passer cinq mois couchée ! Ce n'était pas grave si elle ne faisait pas le ménage ! Ce qu'elle voulait par-dessus tout était que cet enfant voie le jour ! Et tant pis si elle perdait son travail !

Le médecin venait de terminer l'examen. Laïla se rhabillait quand elle entendit l'homme qui parlait.

– Attendez-moi un moment. Je reviens.

Elle s'était retenue, mais le médecin avait vu ses yeux exorbités. Elle attendit qu'il sorte pour se laisser aller. Elle se leva pour prendre un mouchoir. Elle avait peur du résultat final. Elle avait répondu aux questions du médecin. Le regard de l'homme ne l'avait pas rassurée.

Oh ! Seigneur ! Je ne sais pas quelle punition sera la mienne, mais si cet enfant doit être mongol, je ne pourrai jamais l'accepter. Pourquoi serais-je votre élue pour une si dure épreuve alors que je m'efforce de faire le bien ? Tant de gens ne reconnaissent pas le mal qu'ils font à leurs enfants ! Moi, je sais que je pourrai aimer le mien ! Y a-t-il une justice quelque part ?

La porte s'ouvrit. Laïla cessa de respirer. Le médecin prit un banc. Il s'assit près de sa patiente. Il prit des détours. Comme Laïla aurait aimé être ailleurs ! L'explication était longue et compliquée. Laïla compris : le fœtus n'avait pas la grandeur escomptée et cela présupposait une môle.

REMERCIEMENTS

Je remercie tous ceux et celles qui m'ont servi d'exemple par leur amour de la vie.

Je bénis chaque tranche de ma vie qui m'a permis de grandir dans l'analyse de mes besoins.

Je remercie Denise Gaouette qui m'a grandement encouragée à m'engager dans la poursuite de mon rêve de petite fille à celui de femme qui souhaitait depuis toujours se lancer dans l'écriture.

Je remercie mon mari pour avoir cru en moi.

Je remercie ma fille pour sa patience.